海外小説 永遠の本棚

ピンフォールドの試練

イーヴリン・ウォー

吉田健一＝訳

白水uブックス

ピンフォールドの試練＊目次

1　中年の芸術家の肖像　7
2　崩壊　27
3　不愉快な船　45
4　愚連隊　88
5　国際問題　126
6　人間味　145
7　不屈の悪漢ども　179
8　ピンフォールド氏の回復　217
解説　吉田健一　241

ピンフォールドの試練

ダフネに
その温かい心でこの哀れな
ピンフォールドのような男にも
同情してくださることを確信して
この本を捧げる

1　中年の芸術家の肖像

もう百年もすれば、今日の英国の小説家たちがちょうど、われわれが十八世紀末の芸術家や職人を高く評価するのと同じぐあいに珍重されることになるかもしれない。ほんとうに新しいものを作ることができる元気な人たちはすでにいなくて、その代わりに優雅であって工夫に富むので知られた世代のものが控え目に仕事をつづけている。あるいは、近い将来にもっと寂しい時代がきて、人を喜ばせようという気持ちも、またそうする能力も充分にあったわれわれの時代を、われわれの後につづくものがなんとも羨《うらや》ましく思うことになるかもしれない。

そういう今日の小説家の中で、ギルバート・ピンフォールド氏はかなり高い地位を占めていた。今度の事件が起こったときに彼は五十になっていて、本も十何冊か書き、そのどれもがまだ売れて読まれていた。またそれはたいがいの国語に訳されていて、アメリカでも間をおいてではあったが、売れるときは著者にとって相当な財源になるのだった。それを外国の学生が論文の題目に選ぶこともあった。しかしピンフォールド氏の作品に宇宙の秘密が隠されているような論陣を張ったり、それを哲学界での流行や、社会問題や、精神病理学と結びつけたりしたくても、ピンフォールド氏に送る質問書に対する彼の無愛想で飾り気がない答えには当惑するほかなかった。そういう学生の同じ大学の英文学科にいる仲間で、ピンフォールド氏よりももっと己惚《うぬぼ》れが強い作者たちを選んだものは、その答えで論文がもう半分、できあがっているというぐあいになることがよくあった。しかしピンフォールド氏は何も語らなくて、それは彼が生まれつき黙り屋であるとか、吝《けち》であるとかいう理由からでなしに、彼には学生たちに与えるものが何もないからなのだった。彼は自分の本を自分が作ったもので、自分の外にあって他人が用い、また、評価するものと考えていた。彼はそれがよくできていて、天才が書いた多くの定評ある作品よりも、自分のもののほうが立派だと見ていたが、そのことを自慢にしてはいなくて、なおさらのこと、自分の名声を鼻にかける気などしなかった。彼は自分がそれまでに書いたものを引っ込めたいとは少しも思わない代わりに、書き直したくなることはよくあって、画家というものが羨ましくなり、それは画家ならば、同じ題材を幾度でも扱い、そうするごとに仕事が前よりもはっきりしたものになり、豊かになって、その題材を尽くすことができるからだった。これに反して、小説家は絶えず新しいことを書いていなければならず、人物に新しい名前をつけ、新しい筋を工夫する必要があった。ところが、ピンフォールド氏の考えでは、たいがいの小説家は一つか二つの本の材料を持って生まれてくるだけで、後はすべて手品を使っているに過ぎないのであり、どんなに才能がある大家であっても、それがディッケンズやバルザックでも、明らかにそうして手品を使って読者を瞞《だま》しているのだった。

ピンフォールド氏はその生涯の五十一年目になって、だれにも結構、幸福そうに見えた。彼は人なつっこくて元気がいい、いつも何かに熱中している子供だったから、道楽ものでふさぎがちの青年に育ち、壮年時代には丈夫でよく仕事をして、中年に達した現在、同年のほかの人たちと比べて、まだそう堕落してはいなかった。彼は自分がそういう他の人びとのようにならずにすんでいるのを、ロンドンから百マイルも離れたリッチポールという小さな村で静かに暮らしているためだと考えていた。

彼は自分よりもだいぶ、年下の妻と非常にうまく行っていて、これが家に付属する小さな農園の仕事に力を入れていた。子供も大勢いて、どの子も丈夫で器量よしで充分に躾《しつけ》られていたし、ピンフォールド氏にはその教育費にどうにかたりるだけの収入があった。前は、彼は世界のほうぼうに旅行したものだったが、現在では一年の大部分を彼の田舎の古ぼけた家で過ごし、その家を彼は年月とともに彼が好きな種類の絵や本や家具で満たしていた。彼は戦争中は軍人として相当ひどい目にも会い、ある程度の危険にもさらされるのに堪えてきて、戦後はまったく世間から離れた生活をしていた。彼が住んでいる村では、彼はその義務と考えてもいいことを少しも重く見ず、その地方に必要と思われる各種の事業に寄付はしても、政治にも、いろいろな競技にも無関心で、他のものを指導したり、人の上に立ったりする気はまったくなかった。彼は総選挙のときに投票しに行ったことが一度もなくて、当時のどの政党とも縁がない一種の気紛《きまぐ》れな保守主義を主張し、これはその辺の人たちに社会主義よりももっと薄気味悪く思われていた。

その辺の人たちというのは、当時の英国の田舎ならばどこに行っても同じ、いくつかの型に属していて、何人かの金持ちがいて大きな農場を経営し、何人かのものは他所《よそ》で仕事をしていて、狩りをしにだけ田舎の家にもどり、それを除いた大部分はあまり裕福でない年取った人たちだった。この人たちはピンフォールド一家がリッチポールに初めてきたころは何人かの召使をおき、馬を飼いなどしてかなりの生活をしていて、現在は前よりももっと小さな家に住み、魚屋の店で顔を合わせたときに話をするというつき合いのしかたをしていた。その多くは親類同士であって小さな閥《ばつ》を作り、たとえば、バグノールド大佐、および夫人、グレーヴス氏、および夫人、フォードル夫人とフォードル嬢、ガーベット大佐とガーベット嬢、フォードル・アプトン夫人、それからクラリッサ・バグノールド嬢はみんな、何かの形で親類で、そしてリッチポールから十マイル以内の所に住んでいた。ピンフォールド夫婦は結婚したてのころ、そういう家族のどれにも食事に呼ばれていて、夫婦のほうでも呼んで返したものだったが、戦後はみんなの落ちぶれ方がピンフォールド夫婦の場合よりも烈《はげ》しかったので、前よりも夫婦が彼らと顔を合わせる機会が少なくなっていた。この夫婦は二人とも人に綽名《あだな》をつけるのが好きで、それでそういう家族のどれもにリッチポールのピンフォールド家では綽名がつき、そのつけ方に別に悪意があったわけではないと同時に、そうすることで相手を尊敬するためでなかったことはもちろんで、その大部分は何か今ではほとんど忘れられた過去の出来事に因《ちな》んだものだった。他の人たちよりも二人の家の近くに住んでいて二人がいちばんよく顔を合わせたのはレジナルド・グレーヴス・アプトンといって、そこから十マイル離れたアッパー・ミューリングにいるグレーヴス・アプトン夫婦の叔父に当たる年寄りの独身者だった。これは養蜂《ようほう》が趣味の上品な男で、二人の家から一マイルと離れていない所にある小さな茅葺《かやぶ》きの家に住み、日曜ごとにピンフォールド家の畑を横切って教会に朝の礼拝に行き、そのあいだ、ケアン・テリヤの愛犬をピンフォールド家の厩《うまや》に預けておくのだった。彼は礼拝の後で、犬を受け取りにピンフォールド家に寄ってそこで十五分ばかり過ごし、小さなグラスでシェリーを一杯飲んで、ピンフォールド夫婦にその一週間に聞いたラジオの番組の話をした。この気むずかしい洗練された紳士にピンフォールド家では、拳闘家《ボクサー》に因んだ各種の複雑な綽名がついていて、それはこの、そう多くのことに趣味があるわけではない男が何年か前から、彼が「あの箱《ボックス》」と敬称の形で呼んでいるある器具に興味を持つようになっていたからだった。

これはその辺一帯で人気を呼んでいる種類のものの一つで、アッパー・ミューリングのグレーヴス・アプトン夫婦の家に、この夫婦がそんなものをいっこう、信用していないのをおして据《す》えつけられていた。それを見に連れていかれたピンフォールド夫人の話では、その器具というのは何か、あり合わせの部分品で作ったラジオのようなものだということだったが、拳闘家その他、この器具に帰依《きえ》している人たちによれば、これには病気を診断してそれを直す力があり、病気になった人間、あるいは動物の毛、あるいはできれば血の一滴をその箱の所まで持って行くと、箱の中にいる何ものかがその人間、あるいは動物の「生命の電波」に箱の波長を合わせて、病気の正体とともにその療法を告げることになっていた。

ピンフォールド氏は若いグレーヴス・アプトン夫婦と同様、この器具の効能を信じていなかった。しかしピンフォールド夫人は、フォードル・アプトン夫人が蕁麻疹《じんましん》になったとき、病人には知らせずにこの器具を使ってすぐに病人がよくなったので、何かあるにちがいないという考えだった。

「暗示でそうなったのよ」若いグレーヴス・アプトン夫人はいった。

「しかし当人が知らなかったのなら、暗示じゃないでしょう」とピンフォールド氏はいった。

「ただ、生命の電波の波長を測るだけなのよ」とピンフォールド夫人がいった。

「場合によっては、悪用されることになるね」とピンフォールド氏はいった。

「いいえ、そういうことがないのが、あれのいいところなの。つまり、生命力を伝えるだけなんですからね。ファネー・グレーヴスのスパニエルに虫が湧《わ》いたんで使ってみたら、虫のほうがその生命力で恐ろしく大きくなってしまったんですって。まるで蛇のようだったってファネーがいってた」

「その箱とかいうのは妖術に属することになりはしないかね」とピンフォールド氏は、妻と二人きりになってからいった。「きみは懺悔《ざんげ》したほうがいいんじゃないかな」

「そうかしら」

「いや、嘘だよ。あんなものはただの子供瞞しさ」


ピンフォールド夫婦は宗教の点で、その近所の人たちとのあいだに、たいしたことはなくても、はっきりそれと感じられる壁ができていて、その人たちがやることの大部分は新教に属する聖公会のそこの教区にある教会が中心になっていた。ピンフォールド夫婦はカトリックで、ピンフォールド夫人はカトリックの家に生まれ、ピンフォールド氏は人生の途中でカトリックになった。彼はまだ比較的に若いころにその教会に入会することを許されて（改宗という言葉をここで使っては、何かが突然に烈しく起こったという印象を与える、ピンフォールド氏は彼の教会の教義をもっと冷静な態度で受諾するに至ったのだった）、その当時、彼と同様の教育を受けて成長した多くの英国人は共産主義に転じたが、そういう人たちと違って、彼はその後も自分が選んだ宗旨を変えずにいた。しかし彼は信心深いよりも偏屈なのだということでとおっていた。彼の職業はその性質上、よくして軽薄、悪くすると危険であるという理由から教会に睨《にら》まれやすい立場にあるのみならず、今日の窮屈なものの見方からすれば、彼は放埒《ほうらつ》な生活のしかたをしていて、いうことが不謹慎だった。そしてちょうど、教会の指導者たちが信徒に、地下から広場に出てきて民主主義の世界で彼らの勢力を伸ばし、礼拝を個人的な行為よりも集団的なものと見做《みな》すように勧告しているときに、ピンフォールド氏はますます地下に潜りこんで行った。彼は自分が属している教区のではない、なるべく人がこない教会の弥撒《ミサ》に行き、家では、時代を救うという教会の政策に基づいて作られた各種の組織をいっさい、寄せつけなかった。

しかしピンフォールド氏にはけっして友だちがないわけではなくて、彼はそういう友だちを大事にしていた。それは彼が一九二〇年代、および一九三〇年代には始終会っていて、一九四〇年代、一九五〇年代の戦争と変動の時期にも連絡だけは失わずにいてともども、年を取ってきた人たちで、ベラミー・クラブの会員の友だちや、もっと幸福な時代の豊かな生活の名残りを留めて、ロンドンの屋敷町にある何軒かの小綺麗《ぎれい》な家で客をする女たちがその主なものだった。

彼の友だちの範囲はこの人たちに限られていて、どうかすると、そういう古くからの友だちも彼に対して冷たくなってきているのではないかと思うことがあった。どこかで会うとき、それを提案するのはいつも彼のほうのようで、帰ると言いだすのは相手のほうだった。その中でもことにロジャー・スティリングフリートという男は一時は彼と非常に親しくしていたにもかかわらず、今は彼を避けているようすだった。ロジャー・スティリングフリートも文士で、ピンフォールド氏が好きなきわめて少数の文士の一人だった。ピンフォールド氏はロジャーとの仲がなぜそんなことになってしまったのか見当がつかなくて、人に聞くことでロジャーがこのごろ何か妙に偏屈になっていることを知った。それによると、ロジャーはもう郵便物を受け取るか、アメリカ人の客をもてなすかする以外にはベラミー・クラブにもこないということだった。

ピンフォールド氏は、自分が退屈な人間になってきているのではないかと思うことがあって、確かに、彼の意見はすでにだれにでも解っていた。

ピンフォールド氏の趣味の中でいちばんはっきりしているのは消極的な性質のものばかりで、彼はプラスチックや、ピカソや、日光浴や、ジャズや、その他どういうものであっても、彼自身の生涯のうちに現われたものはすべて大嫌いだった。彼がその宗教から受けたわずかばかりの慈愛の精神は、その嫌悪を和《やわ》らげて退屈に変えただけだった。一九三〇年代に、おまえさんが思っているような時代じゃないんだ、ということがよくいわれて、それで相手は多少とも不安になることになっていた。しかしピンフォールド氏にとって、彼が思っているような時代というものはなかった。彼は昼も夜も、時計を見ては、彼の一生のいかに少ししかまだたっていなくて、いかに長い時間がまだその先に横たわっているかを知って失望した。彼はだれにも悪意など持っていなかったが、永遠の立場から世界を見るならば、それは地図も同様に平べったくて、そうでなくなるのは、そしてそれもかなり頻繁《ひんぱん》に、彼が何かのことで腹が立ったときだけだった。そういうことがあると、彼はたちまちそうした高い所からの観察をやめて、地上に転がり落ちてきた。それはたとえば、味が悪い酒とか、失礼な人間とか、文法上の間違いとかであって、そうすると彼の精神は映画撮影用の写真機のように、レンズを光らせてその不愉快な対象に向かってせりだし、その眼は成績が悪い班を点検している練兵がかりの下士官のに似て、半分はふざけている怒りと、そんなことがあるのは信じられないというふうな、たぶんに芝居がかった反感でぎらついた。また、練兵がかりの下士官に似て、そういうときの彼は滑稽《こっけい》でもあり、またあるものにとっては空恐ろしかった。

かつては、そういう彼が人をおもしろがらせて、彼がいったことが話題になり、実際には彼がしたこともないことが、いかにもあのピンフォールドがしそうなこととして伝えられた。今では、そんな彼の風変わりな言動が前ほど人を喜ばせなくなっていることに彼は気づいていたが、もう彼は人に新しい芸当をしてみせる年ではなかった。

少年時代が思春期にかかって、彼の同級生たちの大部分が下品になって行った時期に、彼だけは例の拳闘家にも劣らず潔癖でとおして、小説家になって成功した初期には、内気なので彼は人に好かれた。彼が現在のようになったのは、その成功がいつまでもつづいたからだった。彼は感じやすいものが大人になってからの失策や不遇に対抗して一種の仮面をつけるのを何度か見てきたが、彼自身にはその必要がなくて、子供のときは可愛がって育てられ、文士としては早くから認められて、充分に報いられていた。彼にとって保護する必要があったのはその内気な性格で、彼はそのために、しかし無意識に、いつの間にか現在のような道化役を勤めることになったのだった。彼は学者でも、本職の軍人でもなくて、自分のために奇人の大学教授と気むずかしい陸軍大佐をつきまぜた人物の役を選び、これをリッチポールでは子供たちの前で、また、ロンドンで友だちに会ったときに一心不乱にやってみせ、しまいにはそれが彼の外観を完全に蔽《おお》うに至った。彼がロンドンのクラブに入って行くとき、またリッチポールで子供部屋のほうに階段を登って行くとき、というのは、彼が一人でいなくなったとたんに彼はその人格の半分をおき去りにして、残りの半分が膨《ふく》れあがって彼の全部になった。こうして彼は外界に対して尊大であるのが無鉄砲であることで緩和されているという、昔の胴甲《どうこう》と同じく堅くて、よく光り、そして時代遅れな表面を見せているのだった。

ピンフォールド氏のばあやは、「ちっともかまわないと思っているうちにお仕置きになる」とよくいって、それから、「棒や石で骨が砕かれることはあっても、人の言葉じゃ怪我《けが》しない」ともいっていた。ピンフォールド氏は村の人たちや近所の家の人びとが彼についてなんといおうと、ちっともかまわなかった。彼は子供のころは人に笑われたりするのが何よりもいやだったが、大人になってから被《かぶ》った殻《から》はどんなものも通すことがないようだった。彼はだいぶ前から会見記を書く人間には会わないことにしていて、そのために、「横顔」などという記事を書く若い男や女は、よそで手に入れられる材料で彼について書くほかなかった。毎週、彼についての新聞や雑誌の切り抜きを作ることを請《う》け負っている人たちから、彼に対する当てこすりに類したものが二つか三つ、朝の食卓にほかの郵便物にまじって届くのだったが、彼は世間のそういう評価にそれほど腹を立てなかった。それは彼が世間にはほうっておいてもらうために払う代償の一部だったのである。また、知らない人からの手紙もきて、そのあるものは彼を罵倒《ばとう》し、あるものでは彼が褒めちぎってあったが、ピンフォールド氏にとっては、見識や文体の点でこの二種類のものは同じだった。彼はそのいずれにも印刷した返事をだした。

彼は書いたり、本を読んだり、何か雑用を片づけたりしてその日その日を過ごしていた。彼は秘書というものを使ったことがなくて、この二年間は男の召使もなしですませていた。しかしピンフォールド氏はそれをなんとも思っていなくて、彼は手紙の返事を書き、ほうぼうからの請求書に対して送金し、小包を作り、服をたたむのに人手を借りる必要を感じなかった。彼が夜、いちばんよく見る夢は『タイムス』のクロスワードをやっているので、いちばん、不愉快なのは家族のものに退屈な本を朗読してやっているのだった。

彼は五十近くになってから、肉体的には懶《なま》けものになった。前は、彼は馬で狩りにも出かけ、長い散歩にも行き、庭を耕し、小さな木を切り倒したりもした。しかし今は彼は一日の大部分を安楽椅子に納まって過ごし、前よりも食欲がなくなり、もっと飲むようになって、太ってきていた。彼は一日を寝て過ごすほどの病気をすることは滅多になかったが、時おり、関節や筋肉が痛みを感じるのに悩まされることがあった。それは関節炎とか、痛風とか、神経痛とか、繊維組織炎とかいうもので、それ以上にむずかしい医学上の名前が与えられる性質のものではなかった。

彼は医者に見てもらうこともあまりなくて、見てもらうときには「個人的に」だった。彼の子供たちは国民健康保険の恩沢《おんたく》に与《あず》かっていたが、彼自身は、リッチポールにきた当時からのそこの医者との縁を切る気になれなかったのである。その医者はドレーク先生といって、やはり医者だったその父親からその辺一帯の患者を譲り受け、ピンフォールド一家がリッチポールにくる前からそこで開業していた。この痩《や》せて、馬で始終そこら中を乗りまわしている感じがする男は、この地方のいろいろな人間と縁続きでここの公売人とは兄弟、また弁護士の義兄弟、そして付近の三つの教区でそれぞれの教区長と従兄弟《いとこ》の間柄だった。ドレーク先生の趣味は狩りその他の運動で、名医というようなものではなかったが、ピンフォールド氏にとってはちょうどいい相手だった。このドレーク先生も、ただしピンフォールド氏よりももっと深刻に、同じ種類の病気に悩まされていて、ピンフォールド氏が見てもらうと、その年齢ではそういうことを覚悟しなければならず、この地方全体が同じ病状のものでいっぱいで、その中でもリッチポールがことにひどいのだといった。

ピンフォールド氏はまた、夜よく眠れなかった。それは前からのことで、彼は二十五年間にいろいろな種類の睡眠剤を用いてみたが、この十年というものは、ドレーク先生に黙ってクロラルとブロマイドがはいっているある種のものを、ずっと昔にもらった処方箋を使ってロンドンの薬屋で作らせて飲んでいた。彼が仕事をしているとき、昼間書いた文章が夜中になって絶えず頭に浮かんできて、その言葉が万華鏡を見ているように始終その色と位置を変え、それでしまいに起きて書斎まで降りて行き、原稿をほんのわずかばかり訂正して、また寝部屋にもどり、暗闇の中で言葉が作る模様に眼を奪われているうちに、また起きて原稿を訂正しに行かなければならなくなるということがよくあった。しかしそういう何かに憑《つ》かれたのに似た、必ずしもそれを創作の苦労と呼んでも誇張にはならない昼夜は、彼の一年の小さな部分しか占めていなかった。たいがいのときは、彼はくよくよするのでもなければ、不安なのでもなくて、ただ退屈していた。彼は何もしないで過ごした日でも、六時間か七時間は眠ることが必要で、それだけ眠れた後に、やがてそれだけまた眠れるときがまわってくるのを期待していられれば、またしても何もしないで過ごす一日をほとんど嬉しそうに迎えることができた。そしてその六、七時間の睡眠を、彼が飲んでいる薬は間違いなく彼に与えてくれた。

彼の五十歳の誕生日と前後して、そのときは別にどうということもなさそうだったが、やがて彼にとって大きな意味を持つことになった二つの事件が生じた。

　そのうちで最初に起こったほうのは、彼よりむしろ彼の妻に直接に関係があった。戦争中、リッチポールから引き揚げた後を人に貸すことになって、家はある尼さんの集団が、農地はある牧畜業者が借りることになった。その牧畜業者というのはヒルという男で、これがほかにもそこの教区の内外にいくつかの牧場を借り受けて素性があやしい乳牛を飼い始めた。どの牧場も草は生え放題で柵はいつ倒れるか解らない状態でほうっておかれ、ピンフォールド氏の一家が一九四五年にリッチポールにもどってきたとき、普通は借地人のほうに味方する戦時農業委員会も、ピンフォールド夫人の請求に基づいて即刻、牧場をピンフォールド家に返還することをヒルに命じた。それでもしピンフォールド夫人がそのときにヒルに命令の実行を迫ったならば、ヒルはその年の九月までに立ち退《の》き料をもらって牧場を明けわたしていたはずだったが、ピンフォールド夫人には酷《むご》いことができなくて、そしてヒルは利口だった。彼は初めは嘆願し、つぎにそうして居坐っていることで新たに権利を獲得して、その権利を主張した。こうして九月の期限が翌年の三月になり、それがさらにその年の九月になるというぐあいに、四年間も片がつかず、ヒルはそのあいだに土地をわずかずつ返しては引き延ばしていた。それで委員会がまた、実地検分をやって、またヒルに借地の返還を命じた。しかしヒルは今度は弁護士を頼んできて訴訟を起こし、そんなふうで、いつまでこういう状態がつづくか解らなかった。ピンフォールド氏自身はこの問題について何もせず、ただ妻が気をもんでいるのを見て同情するばかりだったが、一九四九年の九月になって、ヒルはやっと牧場を返した。彼は村の飲み屋で自分の利口なやり口を自慢し、相当な金《かね》儲けをして州の反対側に引っ越して行った。

もう一つの事件というのも、そのすぐ後に起こって、ピンフォールド氏の所にロンドンの放送局から会見の放送を申し込んできた。それまでの二十年間にそういう申し込みがいくつもあって、彼はいつも断わってきたのだったが、今度は放送料が前よりも多額で、放送をする条件ももっと楽なものだった。彼がロンドンの放送局まで行く必要はなくて、放送局のほうから機械を持ってやってくるということであり、原稿を先に提出しなければならないということもなければ、なんの準備もしないでよくて、ただ一時間、相手と話をすればすむのだった。ピンフォールド氏はつい承知して、すぐ後でそんなことをするのではなかったと思い始めた。

吹き込みは子供たちの夏休みが終わりに近づいたころに行なわれて、その日、朝の食事がすんで間もなく一台の自動車と、陸軍で通信に使う種類のトラックが現われ、ピンフォールド氏の子供たちの小さな何人かがたちまちこのトラックのまわりに集まった。そして自動車からは三人の、頭の毛が薄くて楕円形の角縁の眼鏡をかけて、トウィードの上衣に畦織《あぜお》りのズボンをはいた、まだそれほどの年でもなさそうな男が出てきた。これはピンフォールド氏が予想したとおりだった。その中での頭株《かしら》はエンジェルという名前の男で、そのことをよく手入れがしてある顎鬚《あごひげ》を生やしていることで表わし、これがその前の晩はそこの近くにこの男の叔母が住んでいるのでその家で一泊し、その日は昼の食事の前に仕事をすませて帰らなければならないのだとピンフォールド氏に説明した。陸軍の通信隊のようなのが電線を引いて書斎にマイクを取りつける仕事にさっそくかかり、そのあいだ、ピンフォールド氏はエンジェル以下の三人に自分が集めた美術品を見せてまわった。それについて三人は、前に行った家にルオーの胡粉《ごふん》絵があったといっただけだった。

「ルオーが胡粉絵もやるんですか」とピンフォールド氏はいった。「しかしとにかく、ひどい絵書きじゃありませんか」

「それはいい」とエンジェルがいった。「それは非常にいい。なんとかそれを放送に入れなければ」

用意ができると、ピンフォールド氏は三人の男とマイクを置いたテーブルを囲んだ。パリで何人かフランスで名が知れた人たちを相手に行なわれた放送で、気がおけない対談がその人たちに自己暴露をさせる結果になり、それに倣《なら》うのが今度の放送での三人の目的だった。

それでかわるがわるピンフォールド氏にその好みや癖について質問した。エンジェルが梶《かじ》を取って、ピンフォールド氏はエンジェルを見て話をし、そのうちに鬚の上の平凡な顔がどこか陰険になり、訛《なま》りはなくても妙に卑俗なその声がいくらか脅迫の気味を帯びてきた。その質問のしかたはていねいであっても、ピンフォールド氏にはそれが底意があるものに感じられ、エンジェルは自分が対談しに行くほどに名が知れた人間には何か隠すことがあり、彼が化けの皮を剝《は》いでやらなければならない贋《にせ》ものなのだと考えていて、何かこの前提を裏づける予備知識に基づいて質問しているようだった。ピンフォールド氏には、自分のことを書いたほうぼうの記事の切り抜きでお馴染《なじ》みになっている下積みの人間の悪意がここでも働いていると思われた。

彼は単に彼の想像に過ぎないものであっても、無礼な扱いを受けて困る質《たち》ではなくて、少しも隙《すき》を見せずに要領よく答え、あるいは彼が勝手にそう思っていただけなのかも知れないこの三人の敵を潰走《かいそう》させた。それがすんで、ピンフォールド氏は三人にシェリー酒をだし、緊張が解けて、彼は三人につぎはだれと対談するのか聞いた。

「これからストラットフォードまで行ってセドリック・ソーンに話をしてもらうんです」とエンジェルがいった。

「それじゃ今朝の新聞をまだ読んでいらっしゃいませんね」とピンフォールド氏がいった。

「ええ、その前に出てきたもんですから」

「セドリック・ソーンをあなたたちは取り逃がしたんですよ。昨日の午後、自分の部屋で首をくくって死んじまいましたから」

「それはほんとうですか」

「『タイムス』に出ています」

「見せていただけませんか」

エンジェルはそれまでの職業的なおちつきを失って、ピンフォールド氏が持ってきた新聞を明らかに動揺しているようすで読んだ。

「そう、違いありませんね。わたしはこんなことになるんじゃないかと思っていたんです。あれはわたしの友だちだったんで、奥さんに電話したいんですが、拝借できるでしょうか」

ピンフォールド氏はもっとていねいな言葉でその知らせを伝えなかったことの詫びをいって、エンジェルを事務室に連れて行き、みんなにまたシェリー酒を注いで主人らしく振舞おうとした。エンジェルが間もなくもどってきて、「どうしてもかからないんです。後でまたかけてみるほかありません」といった。

ピンフォールド氏はあらためて悔やみを述べた。

「ええ、ひどい話です。しかしまったく予期していなかったことでもないんですよ」

こうしてその朝のいざこざに何かある不吉なものが加わった。

それから握手がかわされ、自動車とトラックが砂利道で方向転換して出て行った。

それが砂利道の角を曲がって見えなくなると、トラックの中で吹き込みを聞いていたピンフォールド氏の子供の一人が、「パパ、あの人たちがパパはいやだったんでしょう」といった。

確かに彼はその三人が好きになれなくて、記憶に何か不愉快なものを残し、それが放送が行なわれる日が近づくにしたがって強まり、彼はそれを気に病んだ。彼には対談がその私生活を犯す試みだったように思われて、それをどの程度まで防ぎ得たか確信が持てず、自分がいったことを正確に思いだそうとしても、それができなかった。やがて放送の晩になって、ピンフォールド氏は料理人のラジオを応接間に運ばせ、ピンフォールド夫人と二人で聞いたが、自分の声が妙に年取って分別くさく聞こえても、自分がいったことを後悔はしなかった。「わたしを笑いものにするのに失敗したようだ」と彼はいった。

ピンフォールド氏はそれからしばらくエンジェルのことを忘れていた。

好天に恵まれたその年の秋を彼にとっていくらかでも暗くしたものがあったとすれば、それは退屈と、関節が少しばかり痛むことだけだった。ピンフォールド氏はその年齢と危険な職業にもかかわらず、自他ともに許しているとおり、現代人の不安という流行病に対しては不思議なくらい、免疫《めんえき》があった。

2　崩壊

ピンフォールド氏が懶《なま》けものだったことには、すでに触れた。彼は小説を半分書きかけていて、夏前からそれきりになっていた。すでにできあがっている各章は一度タイプに打たれ、書き直され、タイプし直されて机の引き出しにしまってあり、彼にとってその何章かはそれでもう申し分ないもので、どうすればその本が書きあげられるかもだいたいのところは解っていたし、それはいつでもやれることだったが、金はまだあって、前に書いたものの売れ行きだけでも国の法律が彼に許しているその一年分の収入に相当する額に達し、無理をしてもう一冊本をだしてもその儲けはわずかなものにしかならず、彼はもともと無理をするのが嫌いだった。今は彼のその小説に登場する人物がみな居眠りをしているようなもので、彼にはそれを起こす気がしなかった。いずれ彼らはひどい目に会うことになっていたから、せめてそれまで眠らせておきたかった。彼は昔から詰めて仕事をしたことがなくて、若いころは仕事をやめては長いあいだ、各種の遊びに耽《ふけ》り、今はそうしたものを求めなくなっていた。それがまだ三十だったころの彼と五十になった今の彼の主な違いだった。

十月の末にはもうはっきり冬がきて、リッチポールの家の暖房装置は旧式で恐ろしく石炭を食い、燃料不足の時代以来、使ってなかったし、今は子供たちの大部分が各地の学校に行ってしまっているので、ピンフォールド夫妻は二部屋に閉じこもり、炉に手にはいるだけの石炭を燃やして、隙間風を屏風《びょうぶ》や砂嚢《さのう》でどうにか防いで過ごした。ピンフォールド氏は急速に元気がなくなって行って、西インド諸島に出かけたいと言い始め、前よりも長い睡眠時間が必要になった。

彼が用いている眠り薬の成分は、最初の処方によれば主に水だった。それで彼は薬局の人に、その薬に水をまぜないで作ってもらって自分で水をたすほうが簡単でいいといって、それが苦い味だったから、いろいろとやってみた後で薄荷《はっか》入りのリキュール酒とまぜるのがいちばん飲みやすいことが解った。彼は薬の分量をたいして正確に計ろうともせず、そのときの気持ちしだいの量をコップに注ぎ、それがたりなくて夜中に目が覚めれば、寝台から半眠りで這《は》いだしてまたまぜて飲んだ。こうして彼は長い時間を無意識で過ごすことができたが、からだの調子はよくなかった。その原因が薬の飲み過ぎからだったかどうかは解らないが、十一月の半ばころにはどこかおかしいことが明らかになり、ことに彼の一日分の、けっして多いとはいえない量の葡萄酒とブランデーを飲んだ後は顔が変に赤くなり、そのうちに手の甲に赤い斑点が現われた。

ドレーク先生にきてもらうと、「あなたのお話じゃアレルギーのようですね」と先生がいった。

「何に対するアレルギーです」

「それは解りませんね。このごろはなんだってアレルギーの原因になるんです。たとえば、自分が着ているものとか、そばに生えている植物とか。ほんとうは転地するほかに療法がないんです」

「クリスマスがすんだら、どこか外国に行こうかと思っているんですが」

「それがいちばんいいでしょう。とにかく、心配することはありませんよ。だれもアレルギーで死んだものはいないんですから。これは乾し草病や喘息《ぜんそく》と同じ系統のものなんです」と先生は専門家の立場からつけ加えた。

もう一つ、ピンフォールド氏が心配になって、間もなくそれも薬のせいだと考えるようになったのは彼の記憶がおよそ当てにならなくなったことだった。彼が忘れっぽくなったというのではなくて、細かなことまではっきり覚えているのだったが、それが間違っているのだった。彼はあること、たとえば年代とか、名前とか、何かからの引用とかを確かにそのとおりだと、時にはそれが活字になる場合にも述べて、そうではないといわれて調べてみると、自分のいったことのほうが間違っていた。

そうした種類の二つの出来事が彼を多少とも不安にした。ピンフォールド夫人が彼を元気づけようと思って週末に何人かの客をリッチポールの家に呼び、彼は日曜の午後に近くの教会に珍しい墓があるので、みんなを案内した。彼は戦後は一度もそこに行っていなかったが、その墓はよく覚えていて、みんなに予《あらかじ》めそれがどういう墓かを詳しく説明し、それが青銅に金箔《きんぱく》を押した像を墓石の上に寝かせた十六世紀の半ばにできたもので、英国ではほとんど類例がないものだといった。その墓はすぐに見つかって、それがその墓であることも間違いなかった。しかしそれは雪花石膏《かせっこう》に彩色したもので、みんなが笑い、彼も笑ったが、このことは彼にとってかなりの打撃だった。

もう一つの出来事は、彼にもっときまりが悪い思いをさせた。ロンドンにいる彼の友だちで家具の好みが彼と同じのジェイムス・ランスというのがたいへんな掘りだしものをして、それを彼に進呈するといってきた。それは一八六〇年代の、一般には認められていなかったが、ピンフォールド氏やその友だちの人たちのあいだでは一流と考えられているある建築家の意匠による手がこんだ作りの洗面台で、金属の部分やモザイクや、それから後に王立美術協会の会長になった妙な画家がまだ血気さかんだったころに何枚かの画板に書いた絵で装飾してあった。それはピンフォールド氏がもっとも珍重する種類の骨董品《こっとうひん》で、彼は急いでロンドンに行き、実物を見て大喜びしてその運送の手筈《てはず》を整えて帰り、荷物がつくのを焦がれる思いで待っていた。そうすると二週間ばかりしてそれが到着し、二階に運ばれて、そのために空けられた場所に置かれたが、そのときになってピンフォールド氏はその大事な部分がなくなっていることに気がついた。その中央に銅の複雑な細工の栓《せん》があって全体の意匠の頂点をなしていたのが、そこにはただ小さな穴が開けてあるだけで、ピンフォールド氏は泣きたくなった。それを運んできた運送屋は初めからそうだったのだといって、ピンフォールド氏はトラックの中を探させたが、何も出てこなかった。彼は受け取りに、「一部のみ」と書き、すぐに運送会社に手紙を書いて、洗面台が途中で一時預けられた倉庫を調べるように依頼し、なくなった部分の詳細な見取り図を同封した。それから何度か手紙のやり取りがあって、運送会社は自分たちのほうに責任はないと言い張り、しまいに、そういうことをしたくはなかったが、ピンフォールド氏はそのことを確かめにジェイムス・ランスに手紙をだした。そうすると、そんな栓は初めからなかったのだという返事がきた。

「あなたはこのごろ少し変よ」と手紙を見せられたピンフォールド夫人がいった。「そして顔がおかしな色になっているし。あなたは飲み過ぎているか、薬の飲み過ぎか、それとも両方よ」

「そうかも知れない」とピンフォールド氏はいった。「クリスマスがすんだら少し控えようか」

子供たちが休みで帰ってきているあいだがピンフォールド氏がことに夜はよく眠り、昼間は酒を飲んででも陽気にしている必要がある期間で、その中でもクリスマスがひどかった。それでそのすさまじい一週間、彼は酒も薬もさかんに飲み、その赤くなった顔はほうぼうからきたクリスマス・カードに書いてある景気がよさそうな地主たちの顔のように光り、あるとき、その顔で紙の冠をかぶった自分の顔を鏡で見て彼は恐くなった。

「どこかに行かなければ」と彼は後で妻にいった。「どこか温かな所に行ってあの本を書きあげなければ」

「いっしょに行けるといいんだけれど、ヒルがあんなにしてしまった牧場をなんとかしなければならないから。わたしはあなたのことが心配になっているのよ。だれかいっしょに行ったほうがいいんじゃないかしら」

「大丈夫さ。わたしは一人のほうが仕事ができる」

寒さがひどくなって、ピンフォールド氏は図書室の炉の前に蹲《うずくま》って一日を過ごし、氷のような廊下に出ると感覚を失いそうになってつまずき、外では雲に隠れて見えない太陽がすべて鉛、鉄、鋼鉄などの金属になったとしか思えない景色を照らしていた。ただ晩にだけピンフォールド氏は無理に元気なようすをして彼の家族がいろいろな遊戯をやるのに加わり、馬鹿な真似のしどおしで若い子供たちを喜ばせ、もっと年取ったのを呆《あき》れさせ、おもしろがらせて、そのうちにその年齢にしたがって子供たちは寝に行き、彼も暗闇と沈黙にもどることが許された。

休みがようやく終わって、子供たちが行っている学校の尼さんや坊さんが子供たちを引き取り、まだ子供部屋にいる小さなのがたまにそこから出てくるときのほかは、リッチポールの家は静かになった。そしてピンフォールド氏がちょうどこれから生活を改善しようとしにかかった際に、それまでにかつてなかった烈しい関節の痛みが彼のからだじゅうを襲い、ことに足、踝《くるぶし》、および膝の痛みがひどかった。ドレーク先生は再びどこか温かい所に転地することを勧め、新製品で相当に強いという薬を処方した。それは大きな灰色の錠剤で、ピンフォールド氏が子供のころに行っていた学校で吸い取り紙をまるめてぶつけ合ったのを思いださせた。彼はそれをそれまでのブロマイドとクロラル、薄荷入りのリキュール酒、葡萄酒、ジン、ブランデー、および先生がほかにも彼が眠り薬を飲んでいるのを知らずに新たに処方した睡眠剤に加えて用いた。

頭がはっきりしないのがひどくなった。どこかに行かなければという考えだけが残っていて、そこまでできてもまだ電話というものを使う気になれず、いつも頼んでいる観光会社に電報で、「ニシインド、ヒガシインド、アフリカ、インド、ドコデモアツイトコロヘフロツキ、ソトムキ一ニンセンシツシキユウタノム、ナルベクゼイタクノゾム」といってやり、その返事を待ちかねた。それがやがてきて、パンフレットがたくさん入ったのに、ご用命を待つという意味の手紙がつけてあった。

ピンフォールド氏は気が気ではなかった。彼は会社の重役の一人を知っていて、そこのほかの重役たちにも会ったことがあるように思った。また、頭がそういうぼんやりした状態になっていて、彼が知っている女の人が一人、最近やはりそこの重役になったという記事をどこかで読んだという錯覚を起こし、その人たちの銘々に、「キシヤジムトリアツカイフユキトドキ、チヨウササレタシ、ピンフオールド」とどれも自宅に宛《あ》てて電報を打った。

彼が実際に知っていた重役が尽力してくれたが、選択の余地などなくて、三日後にセイロンに向けて出帆する「キャリバン」号という一等だけの船にピンフォールド氏はやっと船室を取ってもらうことができた。

それでピンフォールド氏の狂乱は納まり、その代わりに始終うとうとするようになって、正気のときには関節の痛みに悩まされた。

「あなたはひどい薬の飲み過ぎよ」とピンフォールド夫人が何度目かにいった。

「そう。今度の痛み止めの薬なんだよ。ドレーク先生も相当に強いんだといっていた」

普通は割りに手先が器用なピンフォールド氏がそうでなくなって、ものを落とし、ボタンや靴紐が思うようにならず、旅行のことでどうしても書かなければならなかった二、三通の手紙の筆蹟ははっきりしなくて、前からあまり正確でなかった字の綴《つづ》りは滅茶苦茶になっていた。

彼は正気のときにピンフォールド夫人に、「あなたがいうとおりだね。船が海に出たら睡眠剤はやめようと思う。海ではわたしは眠れるんだ。飲むのも控えようと思う。そしてこの痛みがなくなりしだい、仕事を始める。海ではいつでも仕事ができるんだ。ここにもどってくる前に本をすませるよ」といった。

彼はその決心でいた。何日かすれば仕事を始めるので、それまでにどうにかして生きていることが大事だった。そのうちにすべてがもとの調子にもどるはずだった。

ピンフォールド夫人もそう思っていた。彼女には新たに土地が自分たちの手にもどってきて練り直さなければならなくなった農園についての各種の計画があって、夫といっしょに行くことができなかった。またそうする必要があるとも思っていなくて、夫が一度船に乗ってしまえば、もう何も心配することはないはずだった。

彼女は荷造りを手伝った。というよりも、ピンフォールド氏は寝部屋の椅子に腰かけてあまりはっきりしない指図をすることしかできなかった。彼は書くのに大判の洋紙をたくさん持っていかなければならないといった。それからインクで、外国のインクには満足なものがなかった。それからペン軸とペン先で、彼は一度ニューヨークでペン先を買うのにひどく苦労したことがあり、しまいに遠くの法律家用の文房具を売っている店まで行ってやっと手に入れることができた。外国人というのはみんな、万年筆しか使わなくなっているらしかった。それでペン軸とペン先は持って行かなければならなくて、着るもののほうはどうでもよかった。ヨーロッパ以外の場所ならば、服を一着、半日で作ってくれる支那人がどこにでもいるとピンフォールド氏はいった。

日曜の朝になって、ピンフォールド氏は弥撒《ミサ》に行かず、昼ごろに起きて応接間の窓まで跛《びっこ》を引いて行き、何も生えていない凍りついた庭を見わたして、やがて彼を迎えるはずの熱帯のことを思った。そのうちに彼は、「助けてくれ。拳闘家がやってくる」といった。

「隠れなさい」

「駄目だ。図書室にまだ火が焚《た》いてない」

「それじゃあなたが病気だっていいましょう」

「いや、わたしは拳闘家が好きなんだ。それに病気だなんていうと、あれはあいつの箱でわたしを直そうとするのに決まっているよ」

拳闘家がわずかな時間そこにいるあいだピンフォールド氏はつとめて機嫌よくした。

「顔色がよくないね、ギルバート」と拳闘家がいった。

「いや、たいしたことはない。神経痛の気味があるだけなんだ。わたしは明後日セイロンに発つ」

「それは急だね」

「そう、この気候なんだよ。転地を勧められたんだ」

彼は椅子にからだを深く沈ませ、拳闘家が帰るときになっていかにも無理をしているようすをして立ちあがった。

「もう、どうぞ」と拳闘家がいった。

ピンフォールド夫人が拳闘家の犬を離してやりにいっしょに出て行って、もどってくるとピンフォールド氏が激昂《げっこう》していた。

「あなたたちが二人でどんな話をしていたか知っているんだ」

「そう。フォードルさんが通行権のことで村会と喧嘩《けんか》している話を聞いていたのよ」

「あなたはあいつの箱にってわたしの髪の毛をやった」

「そんなこと、ギルバート」

「あいつの眼つきであいつがわたしの生命の電波を調べていることが解ったんだ」

ピンフォールド夫人は悲しそうに彼のほうを見て、「あなたはほんとうにどうかしているのね」

といった。


「キャリバン」号は特別列車が必要なほど、大きな船ではなくて、ロンドンからの普通列車に客車が何輛《りょう》か貸し切りになっていた。船が出る前の日に、ピンフォールド夫人がいっしょにロンドンまでついてきた。ピンフォールド氏は観光会社まで切符を受け取りに行かなければならなかったが、ロンドンにつくと何もかも面倒になって、ホテルの部屋ですぐに寝台に横になり、切符は会社のものにそこまで届けてもらうことにした。それを持ってすぐに一人の若いていねいな男がきて、一包みの書類の中には汽車と船の切符、帰りの飛行機の切符、荷物についての書類、乗船についてのもの、ホテルの予約についての手紙の写しなどがはいっていた。ピンフォールド氏はその説明を呑み込むのに骨が折れ、小切手を書くのにも一苦労した。若い男はかなりの好奇心を示してピンフォールド氏を見て、彼はピンフォールド氏の愛読者だったのかも知れないが、それよりもむしろピンフォールド氏がそうして真っ赤な顔をして枕を積みあげたのに寄りかかり、喘《あえ》ぎ、何か始終呟《つぶや》きながら、そばに口を開けたシャンパンを一本置いているのを不思議に思ったようだった。ピンフォールド氏は一杯どうかといって、それを若い男が断わった。彼が出て行ってから、「あの若い男はどうも気に食わない」とピンフォールド氏はいった。

「そんなことなくてよ」とピンフォールド夫人がいった。

「いや、ある」とピンフォールド氏はいった。「わたしの生命の電波を調べている眼つきだった」

それから彼は眠ってしまった。

ピンフォールド夫人が下の食堂で一人で昼の食事をしてもどってくると、夫が、「お母さんの所にお暇乞《いとまご》いに行かなくちゃ。車を頼んでくれ」といった。

「でも、そんなになっていらして」

「いつだって外国に出かける前にはお暇乞いに行くじゃないか。わたしたちが行くことももういってあるんだ」

「わたしからお電話してもいいし。それとも、わたし一人で行きましょうか」

「いや、わたしも行く。確かにあまり調子はよくはないけれど行く。あと三十分したら車がくるようにしてくれってホテルの人にいって」

ピンフォールド氏の今は未亡人になっている母親はキュー区の綺麗な小さな家に住んでいた。もう八十二で、眼も耳も確かだったが、最近は頭の働きがひどく鈍くなっていた。ピンフォールド氏は子供のころは特別に愛していたこの母親に対して今は孝心しか残っていなくて、母親に会っているのが嬉しくもなければ、打ち解けて話したいとも思わなくなっていた。この母親のために父親が遺したものは十分でなくて、ピンフォールド氏は母親の収入を定期的に補充し、それで母親は昔からいる一人の年取った女中に世話されて、前のもっと大きな家から持ってきた気に入りの家財道具に囲まれ、今は安楽に暮らしていた。若いほうのピンフォールド夫人はいつも自分の子供たちの話を嬉しそうにして、老夫人にとっては自分の息子よりもはるかに嬉しい相手だったが、それでもピンフォールド氏は年に何回か、また彼がいったとおり、どこか遠くへ行くときは必ず会いに行った。

葬式を思わせる大型の車が二人をキュー区のほうへ運んで行って、ピンフォールド氏は膝《ひざ》かけにくるまり、つくと二本のステッキに縋《すが》って小さな門から家のほうへ行く庭の道を跛を引いて行った。そしてそれから一時間ばかりすると、また出てきて車の中に喘ぎながら腰をおろした。その訪問は成功だったとはいえなかった。

「うまく行かなかったね」とピンフォールド氏がいった。

「お茶をいただいてから帰らなければいけなかったのに」

「だって、お母さんはわたしがお茶を飲まないことを知っているんだもの」

「でもわたしは飲むし、ヤーコムさんがすっかりその用意をしていたんですもの。運搬車にお菓子やサンドイッチやマフィン入れを載せて運んでくるばかしになっていたのよ」

「ほんとうのところは、お母さんは自分よりも若いものが自分よりもからだを悪くしているのを見るのがいやなんだよ。子供は別だけどね」

「せっかくその子供のことを聞いていらっしゃるのに、あんなひどい返事をなさらなくてもよかった」

「そう、そうだね。畜生、畜生。船から手紙をだそう。いや、電報を打つ。どうしてわたしのほかはだれでもが人に優しくするのがなんでもないんだろう」

ホテルにつくと彼はまた寝台に横になり、シャンパンをもう一本注文し、そのうちにまた眠ってしまった。ピンフォールド夫人はそのあいだ、仮綴《かりと》じの探偵小説を読んでいた。ピンフォールド氏は目を覚まして、かなり贅沢《ぜいたく》な晩の食事を注文したが、それがきたときにはもう食欲をなくしていた。ピンフォールド夫人はよく食べはしても、悲しそうな顔つきをしていた。ピンフォールド氏は食事がさげられると浴室に行って灰色をした錠剤を呑んだ。一日に三粒で、まだ十二粒残っていた。彼はかなりの量の眠り薬を飲んで、罎《びん》にはまだ半分ばかり残っているのを見た。

「薬を飲み過ぎる」と彼は何度目かにいった。「これがなくなったら、もう注文するのをよそう」彼は鏡に自分の顔を映して見た。彼の両手の甲にはまた大きな赤い斑点が現われていた。「どうもこの薬はよくない」と彼はいって、寝台までやっと辿《たど》りつき、潜り込んでそのまま深い眠りに落ちて行った。

汽車は翌朝の十時に出た。前の日と同じ葬式を思わせる車が迎えにきて、ピンフォールド氏はどうにか服を着け、髭を剃《そ》らずに駅に行った。ピンフォールド夫人もいっしょにきて、彼は一人では赤帽を探したり、自分の席を見つけることができなかった。彼はプラットフォームで切符やステッキを落とした。

「一人で行って大丈夫なの」とピンフォールド夫人がいった。「もう一船待ったらどうかしら。そうすればわたしもいっしょに行ける」

「いや、大丈夫」

しかしそれから何時間かたって港についたときにはピンフォールド氏はあまり自信がなくなっていた。彼は途中の大部分を眠って過ごして、時どき目を覚ましては葉巻きに火をつけ、二、三度吹かしただけで手から落とした。彼が汽車から降りたときはからだの痛みが前よりもひどくなっているようだった。雪が降っていて、汽車から船までの距離がたいへんなものに思われた。ほかの客たちはさっさと歩いて行ったが、ピンフォールド氏はからだを動かすのがやっとだった。埠頭《ふとう》には電報局のものが電報を受けつけていて、ピンフォールド夫人がもうリッチポールにもどったころだったから、彼は用紙に、「ブジジヨウセン、アンシンセヨ」とどうにか書き、それから苦労して舷梯《げんてい》を登って行った。

インド人の給仕が彼をその船室に案内した。ピンフォールド氏は何も見えない眼でそこを見まわしてから寝台に腰をおろした。しかしまだすることがあって、母親に電報を打たなければならなかった。そこのテーブルには船の名と会社の旗を刷った便箋《びんせん》が載っていて、ピンフォールド氏は電文を考えて書こうとしたが、それがどうしてもできなかった。書き損じた紙を紙屑籠《かみくずかご》に捨てて寝台に腰をおろし、彼はまだ帽子をかぶって外套《がいとう》を着て、わきに二本のステッキを置いたままだった。間もなく彼の二つの鞄《かばん》が届いて、それを彼はしばらく眺めていてから中のものをだし始めた。しかしそれもうまくできなくて、ベルを鳴らすと、先刻のインド人の給仕が現われて笑顔でお辞儀をした。

「どうも気分が悪いから、わたしに代わって鞄の中のものをだしてくれないか」

「晩の食事は七時半です」

「いや、鞄の中のものをだしてくれないか」

「いいえ、出港するまではバーは開いておりません」

給仕はまた笑顔でお辞儀をして出て行った。

ピンフォールド氏は帽子をかぶって外套を着て、二本のステッキを持ってそこに腰かけていた。

そのうちに英国人の給仕が船客名簿と何か記入する用紙を持って、船長がピンフォールド氏に船長のテーブルで食事をしていただきたいと伝えにきた。

「今かね」

「いいえ、晩の食事は七時半です。もっとも、船長は今晩は食堂にこないと思いますが」

「わたしもやめておこう」とピンフォールド氏はいった。「船長によくお礼をいって。そのうちにお目にかかる。だれだかがバーは開いていないといっていたようだったが、ブランデーを持ってきてもらえないだろうか」

「お持ちできると思います。何がよろしいでしょうか」

「ブランデー」とピンフォールド氏はいった。「大きなの」

給仕長が自分でブランデーを持ってきた。

「おやすみなさい」とピンフォールド氏はいった。

鞄のいちばん上に彼が寝るのに必要なものが入れてあって、その中に錠剤や眠り薬もあった。ブランデーで少し元気が出て、彼は母親に電報を打ちに手探りで廊下を事務長の事務室まで行った。そこの格子の向こうで事務員が一人、忙しそうに書類と取り組んでいた。

「電報を打ちたいんだが」

「それならば、舷門《げんもん》の所に係りのものがおりますから」

「どうも気分がよくなくてね。代わりにその電文を書いてもらえないだろうか」

事務長がピンフォールド氏をじっと見て、髭を剃っていないことや、ブランデーの匂いがするのに注意し、長いあいだの船客の経験からある判断をくだした。

「それはいけませんな。わたしがお書きしましょう」

ピンフォールド氏は、「フネデハミナシンセツニシテクレマス。ゴアンシンククダサイ、ギルバート」と口述した。それから一摑《つか》みの銀貨をだすのにてこずり、船室に這うようにしてもどって、灰色の錠剤と眠り薬を飲み、お祈りもしないで寝床に入った。

3　不愉快な船

スティヤフォース船長が指揮する「キャリバン」号は中年で中流の船で、清潔で安全で快適だったが、豪華船というようなものではなかった。この船に風呂つきの船室はなくて、掲示によれば、医者の命令でなければ船室で食事はできないことになっていて、その食堂、応接間その他は今はあまり使われない燻《いぶ》した樫《かし》の羽目板で張ってあった。船はリヴァプールとラングーンのあいだを往復して途中の港にも止まり、貨物と、それからみんな、だいたい似たりよったりの船客を運んで、その多くは用事か、あるいは休暇で往復するスコットランド人とその家族だった。船の乗組員や給仕はインド人だった。

ピンフォールド氏が翌日、目を覚ましたときはもう昼間で、狭い寝台で大海のゆっくりしたうねりに揺られていた。

彼はそこの船室がどんな所か、まだろくに見ていなかった。今になって、それが寝台が二つあるかなり大きな船室であることに気がつき、不透明なガラスを何枚か縦に嵌《は》めた小さな窓があってそれに飾りにモスリンのカーテンがかかり、引き戸になった鎧戸《よろいど》があることも解った。その窓は甲板に向かっていて、窓に影を投げて時どき人が通ったが、足音は機関の音と船体が軋《きし》るのと換気装置のたえ間がない唸《うな》りに消されて聞こえなかった。ピンフォールド氏が見あげている天井を田舎家の梁《はり》と同じぐあいに鋲《びょう》を打って白く塗った通風筒が横切り、そのほかに何本もの管や電線がそこにわたしてあった。ピンフォールド氏は自分がどこにいるのかあまりはっきりせず、しかしそこにいるのがそういやでもない気持ちでしばらく天井を見あげて船に揺られていた。前の晩に巻くのを忘れて、彼の時計は止まっていた。一度、給仕に起こされて、わきの棚に冷めてしまった紅茶が茶碗の中で揺れ、こぼれた紅茶がそのそばにあった船客名簿に染みを作っていた。彼は自分の名前がG・ペンフォールドと書いてあるのを見て、それで自分の正体がいっそう解らなくされたのを喜んだ。ほかに、アバークロンビー博士、アディソン氏、エモリー嬢、エンジェル夫妻、およびマーガレット・エンジェル嬢、ベンソン夫妻、ブラックアダー氏、コックソン少佐、およびコックソン夫人などという名前があって、彼が知っているものはだれもいなかったから、だれにもうるさくされずにすむはずだった。ラングーンまで行くビルマ人が何人かいるほかはみんな、英国人だった。ピンフォールド氏の本を読んだことがあるものや、彼と文学の話を始めそうなものは一人もいないようで、彼はからだの調子がよくなりしだい、船で三週間、静かに仕事ができると思った。

彼は起きあがって、床に足をつけてみた。まだ痛んだが、それまでほどではないような気がした。彼は洗面台のほうへ行って、鏡に映った顔はまだひどく老《ふ》けて病人らしかった。彼は髭を剃り、髪を分けて、灰色の錠剤を一つ呑み、本を一冊取って寝台にもどり、すぐに眠り始めた。船のサイレンで彼は眼を覚ました。正午を知らせるものらしくて、そのとき、だれかが戸を叩いたのがほかの音に消されてやっと聞こえ、そこへインド人の給仕が入ってきた。

「今日は駄目です」と給仕はいった。「大勢、酔っている」

給仕は紅茶の碗を持って出て行った。

ピンフォールド氏は船に強かった。戦争中は主にいろいろな種類の船に揺られて輸送されて過ごして、そのあいだ、一度しか船に酔ったことがなかったし、そのときは海軍の乗組員も起きあがれないものが大部分だった。ピンフォールド氏は男ぶりがよくも、運動競技が得意でもなくて、自然が与えてくれたこのただ一つの長所を大事にしていたから、起きる決心をした。

中甲板にはほとんどだれもいなくて、厚いジャケツを着た二人の若い女が腕を組んで、積みあげられた椅子を避けながら風に逆らって散歩しているだけだった。ピンフォールド氏は船尾にある喫煙室まで跛《びっこ》を引いて行った。そこの一隅に四、五人の男がかたまって腰をおろしていて、彼はそのほうに会釈し、その反対側に椅子を見つけてブランデーとジンジャ・エールを頼んだ。彼はまだどこか調子が変で、彼がいくつかの歴史上の事実を知っているつもりでいるのと同じぐあいに、自分が船に乗っていてそれが自分の健康のためであることは知っていたが、これもそういう歴史上の事実と同じで、いつということがはっきりしなかった。彼は二十四時間前にはロンドンからリヴァプールに行く汽車の中にいたことを知らなくて、その何日か前から彼が眠っているあいだと起きているあいだが夜昼の区別とは関係がないものになっていた。彼は喫煙室の椅子にじっと腰をおろして、何も考えずにいた。

しばらくすると、そこへ二人の元気な女が入ってきて、男たちが二人に挨拶《あいさつ》した。

「コックソンさん、おはようございます。この天気にご無事で何よりです」

「おはようございます。ベンソンさんをご存じですか」

「いいえ、初めまして。われわれといっしょになりになりませんか、ベンソンさん。わたしが今朝は幹事なんです」そしてその男は給仕のほうを向いて、「ボーイ」と呼んだ。

ピンフォールド氏はこの人たちを好意を持って眺めた。そのうちのだれも彼の愛読者ではなさそうだった。やがて一時になって、給仕が銅鑼《どら》を打ちながら現われ、ピンフォールド氏はおとなしくその後から食堂に降りて行った。

船長のテーブルには七人分の用意がしてあり、テーブルかけは皿が滑らないように水で濡らされ、やはりそのために木の枠が置いてあった。食堂に用意されている席の大部分は空いていた。

船長のテーブルにはピンフォールド氏のほかに一人しかこなくて、その若くて背が高い英国人は気軽にピンフォールド氏と話を始め、自分の名前はグローヴァーといってセイロンである茶園の支配人をしているのだといった。彼によれば、そこでの生活はまったく申し分がなくて、主に馬上で過ごされ、そのあいだにあるゴルフ・クラブでの長い休暇が何度でも取れるということだった。グローヴァーはゴルフに凝《こ》っていて、船の上でも、クラブに重しをつけてばね仕掛けになっているのを練習に朝晩、百遍ずつ振っていた。その船室がピンフォールド氏の隣であることも解った。

「わたしたちは風呂場がいっしょなんですがね。あなたは風呂はいつお入りになるんですか」グローヴァーの話はそう注意して聞く必要がなかった。ピンフォールド氏はいつのまにか迷い込んでいた別な世界から呼びもどされて、「そうですね。わたしは航海中はほとんど風呂に入らないんですよ。からだがちっとも汚れないし、それにわたしは海水の湯が嫌いなんです。わたしは風呂つきの船室を頼んだんですが、なぜそんなことをしたのか解らないんです」と答えた。

「この船には風呂つきの船室はないんですよ」

「そうだそうですね。この船はいいですね」とピンフォールド氏はグローヴァーによくしなければと思って、自分の前に置かれたカレーや、グラスの中で揺れている葡萄酒や、ほかにだれもきていないテーブルをものうげに眺めながらいった。

「そう、みんな、だれがだれだか知ってましてね。この船には毎年、同じ人たちが乗るんですよ。初めての人で、仲間はずれにされるって文句をいうのもいるくらいなんです」

「わたしはいいませんよ」とピンフォールド氏は答えた。「このあいだまでからだを悪くしてましてね。静かにしていられるのが何よりなんです」

「それはいけませんね。静かにしておいでになれることは請け合いですよ。静か過ぎるっていう人もあります」

「わたしは静かであればあるほどいい」とピンフォールド氏はいった。

彼はテーブルから立つときにグローヴァーにちゃんと挨拶して、それからすぐに相手のことを忘れてしまったが、船室にもどると、船のほかの音に加わってジャズの音が聞こえてきた。彼はしばらくそれを不思議に思ってそこに立っていた。彼は音楽のことは何も知らなくて、どこかすぐそばで楽隊が演奏しているということしか解らなかった。それから彼は思いだした。

「あのゴルフ好きだ」と彼は思った。「隣のあの若い男が蓄音機を持っているんだ。それに」と彼は急に耳を澄まして、「犬もいる」船室の戸の向こうで、その戸と隣の戸のあいだに敷かれたリノリュームの上を犬が歩きまわっているのがはっきり聞こえた。「あんなことをしてはいけないのに決まっている。わたしが今までに乗った船で犬を船室に入れることが許されていたのはない。給仕に金をつかませるか何かしたんだろう。しかしそれでこっちが文句をいうわけには行かないようだ。それにあれは感じがいい男だったし」

彼は灰色の錠剤に目を留めてまた一粒呑み、寝台に横になって本を開き、ダンス音楽の音と犬が床を嗅《か》ぎまわっているのを聞きながらまたいつの間にか眠ってしまった。

彼は夢を見ていたのかも知れない。彼はそれまでのことをたちまち忘れて、ただもう暗くなっていること、そして目を覚ました自分のすぐそばの、どこか足の下らしい所で妙なことが起こっているのしか解らなかったが、その辺でだれか牧師が礼拝会をやっているのがはっきり聞こえた。ピンフォールド氏はその種類の新教というものを知らなくて、家庭や学校では聖公会の宗旨による教育を受け、独立教派というものは小説やにわか芝居や漫画から得た観念しかなかった。今どこか下で行なわれていて結論に近づきつつある説教は明らかにそうした宗旨のもので、聖書の口調で感情に訴えることを狙《ねら》ったものだった。それを聞いているのは船の乗組員のようで、やがて男の合唱で讃美歌を歌うのが聞こえ、それは多くの乳母の例に洩《も》れず、カルヴィン教徒だったピンフォールド氏の乳母が子供部屋で歌っていた、「岸に向かって漕げ、船乗りよ」というのだった。

「後でビリーに残ってもらいたい」と牧師がいった。それから即席の、何か申しわけにやっているだけの感じがするお祈りがあり、それがすむと大勢のものが椅子をどけて立って行く音が聞こえた。その騒ぎがやんでしばらくすると、牧師が非常に真剣な口調で、「どうだ、ビリー」というのと、だれかが泣いているのが聞こえてきた。

ピンフォールド氏はおちつかなくなった。これは他人が聞くべきものではなかった。

「自分で言いなさい、ビリー。わたしはあなたがどういうことをしたともいっているんじゃない。わたしはあなたに無理に告白させるなどということはしないんだ」

泣き声だけがそれにつづいた。

「ビリー、あなたはこの前にわたしたちがどういう話をしたか覚えているだろう。あなたはまたやったのか。また不潔なことをしたのか、ビリー」

「ええ、わたしにはどうにもならないんです」

「神はわたしたちの力以上にわたしたちを験《ため》すということはしないんだよ、ビリー。これは前にもいったことじゃないか。あなたはわたしが誘惑を感じることはないと思っているのか。わたしだって非常に強く感じることがある。しかしわたしは負けないじゃないか。わたしが負けないことはあなただって知ってるだろう、ビリー」

ピンフォールド氏はどうしたものか解らなかった。まったく言語道断なことが行なわれているのを傍聴させられているわけで、二本のステッキが寝台のそばにあったうちの太いほうを取って力いっぱい、床を叩いた。

「聞いたか、ビリー、あの何か叩く音を。あれは神があなたの魂の戸を叩いているんだ。神はあなたがわたしのように純潔でなければ、あなたを助けにくることができないんだよ」

ピンフォールド氏はもう我慢がならなくなって、からだが痛むのをこらえて起きあがり、上衣を着て髪を分けた。まだ下から声が聞こえてきた。

「どうにもならないんです。悪いことをするのはやめようと思って、それができないんです」

「寝棚の横に女の絵を貼っているだろう」

「ええ」

「いかがわしい絵を」

「ええ」

「悪いことをしないでいようと思って、眼の前にそんなものを置いてちゃしかたないじゃないか。わたしは行ってその絵を破り捨てる」

「いやです。あの絵は大事なんです」

ピンフォールド氏は跛を引いて、船室を出て中甲板に行った。前よりも海が静かになっていて、ラウンジや喫煙室にいる船客の数が殖《ふ》えていた。六時半で、何人かのものが飲みものを賭けて賽《さい》ころを振っていた。ピンフォールド氏は一人で椅子に腰をおろし、カクテルを注文して、給仕がそれを持ってきたときに、「この船には牧師が乗り組んでいるのか」と聞いた。

「いいえ、日曜日に船長が祈禱書を読むだけです」

「それじゃ船客の中に牧師がいるんだろうか」

「いらっしゃらないようです。これが名簿ですが」

それを見ても、聖職にあるものの肩書きがついた名前はなかった。妙な船だとピンフォールド氏は思った。普通の人間が外道《げどう》とでもいうほかない乗組員に伝道することが許されていて、高級船員の中に宗教に凝っているのがいるのかも知れなかった。

ピンフォールド氏は時間の観念をなくしていて、この不思議な船でもう何日も航海しているような気がした。そこへグローヴァーが入ってきて、ピンフォールド氏は、「またお目にかかりましたね」と愛想よくいった。

グローヴァーはそんなふうに挨拶されるのをいくぶん、意外に思ったようすだった。

「船室にいたんです」と彼はいった。

「わたしはあの礼拝会で、船室にいられなくなったんですよ。うるさくありませんでしたか」

「礼拝会ですか。いや、別に」とグローヴァーはいった。

「船室のすぐ下でだったんですよ。聞こえませんでしたか」

「いや」とグローヴァーはいった。

彼は向こうへ行きかけた。

「何か一杯、いかがです」

「いいえ、どうも。わたしは飲まないんです。セイロンのような所じゃ気をつけなければいけませんからね」

「犬は元気ですか」

「犬ですか」

「じゃ、いないことになっているあなたの犬。もっとも、わたしは文句をいってるんじゃないんですよ。あなたが犬を連れてらしてもかまわないし、蓄音機をおかけになったってわたしはいいんです」

「しかしわたしは犬を連れてきていませんし、蓄音機も持ってきてないんです」

「いや、それじゃわたしが思い違いしていたんです」とピンフォールド氏は不機嫌になっていった。

グローヴァーが黙っていたいなら、何も無理にいわせることはなかった。

「それじゃ、晩の食事のときに」とグローヴァーはいって、向こうのほうへ行った。

彼が夜の食事の服装をしていて、ほかの客も何人かその服装をしているのにピンフォールド氏は気がついた。もう着換えなければならない時間で、ピンフォールド氏は船室にもどって行った。そこの下からは何も聞こえてこなくなっていて、にわか作りの牧師も、貞潔でない水夫もいなくなったようだった。しかしジャズ音楽は前よりも喧《やかま》しくて、それでそれがグローヴァーの蓄音機でないことが解った。ピンフォールド氏は着換えながら、そのわけを考えた。戦争中、彼はどの甲板にも拡声器がついている輸送船に何度か乗せられて、意味が解らない警報や命令が始終伝えられ、一定の時間には軽音楽が放送された。「キャリバン」号にもそういう装置がしてあるのにちがいなかった。これでは本を書く仕事に取りかかったら迷惑するに決まっていて、なんとか音を止める方法がないものか聞いてみなければならなかった。

着換えるのには時間がかかった。ピンフォールド氏はボタンやネクタイを扱うのにことのほか、不器用になっていて、鏡に映した顔はまだところどころ赤くて眼のぐあいがおかしかった。彼が着換えるのを終わったときにはもう銅鑼が鳴っていた。その服装に必要な靴を履《は》こうとするのは無理で、彼は乗船したときの、中を毛皮で張った柔らかな靴を履き、片手でしっかり手摺《てすり》につかまり、片手にステッキをついて、苦労して食堂まで降りて行った。その途中の階段に、この船が戦争中は海軍の用船になり、北アフリカとノルマンディーの上陸作戦に参加したということを記した銅板があるのが目に留まった。

彼は早いほうで、彼のテーブルにはまだだれもきていなかった。向こうのテーブルに、昼間の服装をしたままの小さな色が黒い男が一人でいて、それに気がついたころから人がき始め、彼はいくらかぼんやりした頭でその人たちを眺めた。こういう船ではたいがいそうであるように、事務長のテーブルがいちばん賑やかで、若い女や、バーで愉快に飲む男たちがそこに集まっていた。ピンフォールド氏の前にスープが置かれた。二、三人のインド人の給仕がものを置くためのテーブルのそばで小声で話をしていて、そのうちにひどい言葉が三語、英語ではっきりいわれるのが聞こえてきてピンフォールド氏を驚かせた。彼はそのほうを向いて給仕たちを睨《にら》みつけた。そうすると、その一人がすぐに彼のほうにやってきた。

「はい。お飲みものですか」

その優しい顔つきに軽蔑《けいべつ》の色など少しも見えず、今聞いたひどい言葉は給仕の柔らかな南インドふうの英語の発音と似ても似つかないものだった。ピンフォールド氏は当てがはずれて、

「酒が欲しい」といった。

「酒ですか」

「シャンパンあるだろう」

「はい、三種類あります。今、表を持ってきます」

「なんでもいいんだ。小壜を持ってきて」

グローヴァーがきて、ピンフォールド氏の向こう側に腰かけた。

「あなたにお詫びしなければ」とピンフォールド氏はいった。「あなたが蓄音機をかけていたんじゃなくて、この船が軍用船だったころの装置がまだそのまま残っているんですよ」

「なるほど」とグローヴァーがいった。「それが聞こえたんですね」

「ほかに説明のしようがないから」

「そうですね」

「ここの給仕たちは妙な口のきき方をする」

「トラヴァンコアのインド人なんですよ」

「いや、ひどいことというっていうんですよ。わたしたちがいる前でね。別に無礼を働くつもりはないいんだろうけれど、もっと躾《しつけ》なけりゃ」

「わたしは気がつきませんが」とグローヴァーはいった。

彼はピンフォールド氏という人間をどう取っていいのか解らなかった。

やがてそのテーブルの客が全部集まった。スティヤフォース船長がみんなに挨拶して着席した。彼は見たところ、どうということはない男で、スカーフィールド夫人という綺麗でそう年取ってはいない女がピンフォールド氏の隣の席にきた。彼は自分が一時的に不具になっていて立ちあがれないのだと説明した。「医者が非常に強い錠剤の薬をくれましてね、それがどうもよくないんです。ろくにお話しすることができなくてもお許しになってください」

「わたしたちはみんな話が下手なんですもの」と彼女はいった。「あなたはあの書く方なんでしょう。わたしは本を読む暇がなくって」

ピンフォールド氏はこういう話には馴れていたが、その晩は頭が働かなかった。彼は、「わたしもその暇がないほうがいいんですが」といって、気まずい思いでまたシャンパンを飲み始めた。

きっとわたしが酔っ払っているんだろうと彼は考え直して、説明しにかかった。「大きな灰色の錠剤でね、何がはいっているんですかね。医者も知らないんじゃないかと思うんです。何か新しい薬なんだそうです」

「それじゃおもしろいですわね」とスカーフィールド夫人がいった。

ピンフォールド氏は諦《あきら》めて、ほとんど何も食べないで過ごしたその晩の食事が終わるまでもう何もいわなかった。

船長が立ちあがって、まわりの人たちも席を離れた。ピンフォールド氏がまだ腰かけたままステッキを探しているうちに、この一団が彼のうしろを通って、彼は立ちあがった。彼は何よりも船室にもどりたかったのだったが、一つには、ほかの人たちに船に酔ったと思われたくないという奇妙な取り越し苦労から、また一つには、彼にはスティヤフォース船長に対する義務があるというもっと奇妙な感じから、それができなかった。なぜか、彼は船長の指揮に従わなければならなくなっているようで、船長の命令がないのにそのそばを離れるのは違令に相当することに思われた。それで彼は苦労してみんなの後からついて行き、スカーフィールド夫妻のあいだの空いた肘《ひじ》かけ椅子に腰をおろした。みんなはコーヒーを飲んでいて、彼はブランデーをご馳走するといったが、断わられて、彼自身はブランデーと薄荷入りのリキュール酒をまぜたのを注文した。そうするとスカーフィールド夫妻が眼を見合わせたのに彼は気がついて、それは何か二人で前に話していたことを確認するもののようだった。たとえば、「あのわたしの隣にいた書く人、あれは完全に酔っ払ってたのよ」「ほんとうかい」「もう、べろべろ」というふうな話。

スカーフィールド夫人は実際、綺麗だとピンフォールド氏は思った。ビルマでそんな皮膚を長くしてはいられないはずだった。

スカーフィールド氏はチーク材の売買をしていた。彼の商売の見とおしは彼自身の努力や才能よりも政治家がやることに左右されるのだと彼はいって、その話をみんなにしてきかせた。「民主主義の政体ではね」とピンフォールド氏は別に珍しくもないことを重々しい口調でいった。「ある政策を実施するために権力を求めるのではなくて、権力を得るために政策を求めるんですよ」

彼はそれをいくつかの例をあげて説明し始めた。

彼は与党の幹部にいろいろな機会にたいがいは会っていて、そのあるものはベラミー・クラブの会員で彼はよく知っていた。彼は自分が話をして聞かせている人たちのことを忘れて、友だちと話をしているときの無造作な調子でそういう幹部連のことを言い始めた。スカーフィールド夫妻がまた眼を見合わせて、彼は自分が政治家の話をするのを何か下品なことに考える習慣がない人たちを相手にしていることに気がついたが、もう遅かった。この人たちは彼が自慢でそういうことをいっているのだと思っているのだった。彼は恥ずかしくなって、話の途中で黙ってしまった。

「政治の内幕が解ったらおもしろいでしょうね」とスカーフィールド夫人がいった。「わたしたちは新聞で読むだけなんですから」

その笑顔には悪意があっただろうか。初めはそんなようすが少しもなかったが、今は相手の態度に意地悪なものがあるようにピンフォールド氏は思った。

「わたしは新聞の政治欄はほとんど読まないんですよ」と彼はいった。

「お読みになる必要がないんじゃありませんか」

ピンフォールド氏にとってもう疑いの余地はなくて、彼はみんなの前で醜態を演じたのだった。彼はもう船に酔ったのだと思われるのもかまわず無理にからだを捩《ね》じ曲げて船長とスカーフィールド夫婦にお辞儀をした。

「失礼して船室にもどろうと思うんで」

彼はその深い椅子から立ちあがるのも、ステッキをつくのも、船の動揺でよろけないでいるのも、なかなかうまく行かなかった。先方も、「おやすみなさい」といって、彼がどうにか歩き始めたときに船長が夫婦に何かいったのが二人を笑わせ、その三人の笑い声が妙にはっきり聞こえて、それがピンフォールド氏には明らかに自分に向けられたものに思われた。彼は途中でグローヴァーと顔を合わせて、「わたしは政治のことは何も知らないんだっておっしゃってくださいませんか」と言いわけのつもりでいった。

「政治ね」とグローヴァーがいった。

「何も知らないんだって」

「それをだれにですか」

「船長に」

「船長はあすこにいますよ」

「いや、それじゃいいんです」

彼は跛を引いて行って、そこの入り口から振り返ると、グローヴァーがスカーフィールド夫婦と話をしていて、それは表向きはブリッジの組を作る相談をしているのだったが、それも彼の話がしたいためであることがピンフォールド氏には解っていた。

まだ九時になっていなかったが、ピンフォールド氏は寝巻きに着換え、服をしまい、顔を洗って錠剤を呑んだ。この眠り薬のほうは壜にまだ大匙《さじ》に三杯分くらい残っていた。彼はその晩は飲まないでいようと思い、少なくとも、真夜中過ぎまで飲むのを延ばしてみることにした。今は海が前よりもずっと静かになっていて、寝床にいてもからだが揺れなかった。彼は楽な姿勢になって船に持ってきた小説の一つを読み始めた。

しかし読みだしたと思うと、楽隊が始まった。それはラジオではなくて、ちょうど、床の下に当たる所で何人かのものが練習しているのだった。その日の午後、礼拝式があったのと同じ場所で、やはり何もかもはっきり聞こえ、今度はみんな若くて陽気で、おそらくはその晩、事務長のテーブルで食事していた人たちだった。その楽器は太鼓とがらがらと、それから一種の笛で、主に太鼓とがらがらだった。ピンフォールド氏は音楽のことは何も知らなかったが、その音楽の調子からそれがどこかの原始的な種族のもので、音楽としてよりも人類学の立場から興味があるものに過ぎないように思われ、やがてそれがそのとおりであることが解った。

「あのポコプタ族のやろうじゃないか」と肝煎《きもい》りを引き受けているらしい若い男がいった。

「あれはよしましょうよ。聞いていられないもの」と一人の若い女がいった。

「そうなんだ」と肝煎りがいった。「あの三、八拍子なんだよ。あれはゲシュタポが別に発見してね、収容所の独房でやってそこに入れられてたのがみんな気が違っちゃったんだ」

「そうなのよ」と別な若い女がいった。「三十六時間でどんなものでもまいっちまって、たいがいのは十二時間で充分だったんですってね。どんな拷問《ごうもん》よりもひどかったんだって」

「完全に気違いになっちまった」「気が違うも何も」「ぜんぜんの気違い」「あれ以上の拷問はないんだって」「ソ連で今はやっているんだそうだ」みんな若くて元気がいい男や女の声が子犬がふざけ合っているようにいっしょになって聞こえてきた。「ハンガリー人がいちばんうまくやるんだって」「あの三、八拍子ね」「ポコプタ族ね」「あれは気が違ってたんだよ」

「だれにも聞こえないでしょうね」と可愛い声の若い女がいった。

「馬鹿な、ミミ。みんな、甲板のほうに行ってるよ」

「それじゃ」と肝煎りがいった。「三、八拍子だ」

そしてそれが始まった。

その音がそこら中に響きわたって、船室が独房になった。ピンフォールド氏は音楽をやっている中でものを考えたり、話をしたりすることができなくて、若いころ、ナイト・クラブは楽隊が聞こえてこない所にバーがあるのを選んだくらいだった。彼の友だちの中にはロジャー・スティリングフリートのように、ジャズがなくてはいられないのがいて、それが刺戟《しげき》剤なのか鎮静剤なのかピンフォールド氏には解らなかったが、彼自身は沈黙を好んだ。その三、八拍子というのはまったく拷問で、本を読むことなどできなかった。彼が船室にもどってきてからまだ十五分とたっていなくて、これから一晩中そんな目に会わされていなければならないのだった。彼は残っていた眠り薬を全部飲み、事務長のテーブルで食事をしていた陽気な若い人たちの音楽を聞くうちに意識を失った。


彼は明け方前に目を覚ました。どこか下に集まっていた陽気な若い人たちはいなくなり、三、八拍子ももう聞こえてこなかった。そこの船室の窓と甲板の電気のあいだを通る人影もなかったが、船室の上では大騒ぎが起こっていて、乗組員の大部分が甲板を、音から察すれば巨大な耕作機械か何かを引きずって行っているようだった。またそれを喜んでもいないようすで、その国の言葉でぶつぶついうのが絶えず、その監督をしている高級船員は昔の船乗りらしい調子でみんなを怒鳴《どな》りつけ、「さっさとやれ、黒んぼどもめ、何してるんだ」などといっていた。

しかしインド人たちも負けずに何か怒鳴り返した。

「衛兵伍長《ごちょう》を呼ぶぞ」と高級船員がいった。そんなこけ威《おど》しをいったって、とピンフォールド氏は思った。「キャリバン」号に衛兵伍長がいるはずがなかった。「最初に動いたものは射《う》つ」と高級船員がいった。

騒ぎが増して、ピンフォールド氏には電気を暗くした甲板や、いきり立ったインド人の乗組員の顔や、一人で旧式な拳銃を構えている碌《ろく》でなしの高級船員など、上で演じられている劇が眼に見えるようだった。やがて大きな音がして、それは銃声ではなくて何百本もの火掻《ひか》きや火箸《ひばし》がとてつもなく大きな炉の灰止めに落ちてきたのに似ていたが、これにつづいてだれかが悲鳴をあげるのが聞こえ、それもすぐにやんだ。

「ごらんよ」と高級船員が今度は船乗りよりも子供を叱っている婆やを思わせる声でいった。「こんなことをしてしまって」

何が起こったのか、乗組員のほうもすっかりおとなしくなって、事態の収拾にどんなことでもする気になっているようだった。今は前よりもおちついてきた高級船員が命令をくだすのと、負傷した男の呻《うめ》き声が聞こえてくるだけだった。

「気をつけて、そこ。慌《あわ》てないでやれ。おまえ、病室に行って医者を呼んでこい。おまえは船橋に行って報告して……」

ピンフォールド氏はそれから長いあいだ、あるいは二時間くらい、寝床で耳を澄ましていた。彼にはそのすぐ近くのことだけでなくて遠くで人がいっていることも聞こえて、いまや船室の電灯をつけて天井に渡された何本もの管や電線を見あげているうちに、そこが船の通信網の接続点なのだということに気がついた。何かの故障か、欠陥か、船の戦時中の設備がまだそのままになっているのか、船橋でいわれていることもすべて彼の所まで伝わってきて、戦時中の設備が残っているというのがいちばん当たっているようだった。彼はロンドンが空襲されていたときに、英国を訪問中のどこか連合国の首相がそれまで泊まっていて急によそに移った後のホテルの部屋に案内されたことがあって、朝の食事を注文しに受話器を取りあげると、それが内閣に直通の電話だった。「キャリバン」号でもそれに似たことが起こったのにちがいなくて、この船が海軍の用船だった時代にはこの船室が作戦用の司令室になり、船がその持ち主に返されて再び客船に改造された際に、技師たちが線を切るのを忘れたのだった。今起こっている事件で人が話していることがすべて彼の所まで聞こえてくるのはほかに説明のしようがなかった。

負傷した男は一種の金属製の網か何かに巻き込まれたらしかった。彼をそこから助けだそうとするのが彼の苦痛をひどくするだけですべて失敗に終わって、最後に、機械の彼に絡《から》みついている部分を切って取ることになった。その命令がくだされると、驚くべき早さでそれが実行されたが、そのためにその何なのか解らない機械は使いものにならなくなったようで、ついに甲板を引きずって行かれて海に投げ込まれた。そのあいだじゅう、負傷した男は絶えず泣き声をあげていて、やがて病室に運ばれ、そこで親切ではあっても、あまり経験はないらしい看護婦につき添われることになった。「勇気をださなければいけませんよ。あなたのためにお祈りをしてあげますから、勇気をださなくちゃ」と看護婦がいったりしているあいだに、無線でどこか陸にある病院と連絡が取れ、病院から手当ての方法をいってきた。船医はついに現われず、病院から何かいってくるごとにそれが病室に伝えられた。ピンフォールド氏に船橋から聞こえてきた最後の声はスティヤフォース船長ので、船長は、「病人を乗せて行くなんて厄介《やっかい》だな。英国に帰る船と連絡を取ってそっちに移しちまわなければ」といっていた。

病院から手当てのことをいって寄越した中に麻酔剤を注射するということがあって、負傷したインド人にそれが利《き》いてくるにつれてピンフォールド氏も眠くなり、看護婦が小声でアヴェ・マリアをいうのを聞きながら眠ってしまった。

彼はインド人の給仕が朝の紅茶を持ってきたので起こされた。

「あれはひどい事故だったね」とピンフォールド氏はいった。

「はい」

「あの水夫はその後どうなんだ」

「八時です」

「あれを移す船はあったんだろうか」

「はい、朝の食事は八時半です」

ピンフォールド氏は紅茶を飲んだが、起きる気がしなかった。例の装置からは何も聞こえなくて、彼は本を取りあげて読みだした。そうすると何かがかかる音がして、また声が聞こえ始めた。

スティヤフォース船長が乗組員の代表らしい人たちと話をしていた。「昨晩はただ一人の水失のために大変な量の貴重な金属が犠牲にされたんだということをおまえたちにも解ってもらいたい」と彼はいっていた。「あれは純銅だったんで、銅は世界でもっとも貴重な金属の一つだ。もちろん、わたしはそれを惜しいと思っているんじゃなくて、会社もわたしが取った処置を正当と認めるにちがいない。しかしわたしはおまえたちにこういうことをするのは英国の船だけだということが解ってもらいたいんだ。よその国の船だったらば、あの水夫のほうが犠牲にされるところなんだ。それはおまえたちも承知だろうと思う。忘れてもらっちゃ困る。もう一つ、わたしはあの水夫をポート・セードまでこの船に乗せて行ってエジプトの汚い病院に入れる代わりに、あの船にたいせつに移して、今あの水夫は英国に向かっている。この会社の重役でも、これ以上に丁重な扱いを受けはしない。わたしはあの水夫が行く病院も知っていて、それがなんとも綺麗な病院で船乗りはみんなそこに行きたがっているんだ。あの水夫は手厚く看護されて、もし命を取り止めるものならば、なんの不自由もなくそこで養生することができる。これはそういう船なんで、乗組員のためにはどんなことでもするんだ」

乗組員の代表が帰って行くようだった。何人かのものの足音やはっきりしない話し声がして、やがて一人の女の声が聞こえてきた。それはピンフォールド氏がそれからたびたび聞くことになるもので、だれにでもたとえば、軋《きし》るとか、擦れ合うとか、きいきいいうとか、幅があるとか、甲高いとか、ある種の発音のしかたとかで特に苦痛を感じさせ、文字どおりに髪の毛を逆立たせ、あるいは歯を食い縛《しば》らせる音というものがあって、ドレーク先生ならばそれもアレルギーだというにちがいないが、その女の声がそれだった。船長にはそれがどうもないようすでも、ピンフォールド氏にとってはその声が堪えがたかった。

「あれでもう文句はないでしょう」とその声がいった。

「そう」スティヤフォース船長がいった。「あの騒ぎはあれでおしまいだ。もう心配することはない」

「このつぎのときまでね」とその女が皮肉な調子でいった。「あの男ったら何、子供のように泣きじゃくって。あれがいなくなって助かった。なんとも綺麗な病院は大出来だった」

「そう、あの連中は、あいつが地獄に送られたとは知らないから。あれだけの銅をふいにしてしまいやがって。あいつはポート・セードに連れて行かれればよかったと思うようになるよ」

女がどうにもいやらしい声で笑った。「死んだほうがよかったと思うようになる」

また何かがかかる音がして（だれかこの装置の係りがいるのだとピンフォールド氏は思った）、今度は二人の船客が話をしているのが聞こえ、それはいずれも年取った軍人あがりの男のようだった。

「これはみんなに知らせるべきだね」とその一人がいった。

「そう、みんなに集まってもらってだね。こういうことはよくだれにも知られずにすんじまうんだから。みんなに知らせて船長に謝辞を述べるか何かしなければ」

「銅が一トンだったんだって」

「純銅だ。それがただ一人の黒んぼのために壊されて海に投げ込まれたんだ。それが英国の船というものだよ」

話し声がとだえて、ピンフォールド氏はもし船客が集まることになったら、自分もそれに出席して船長とその女の相棒が実際はどんな人間か報告したものかどうか考えた。ただその場合、自分がいっていることを立証し、どうして船長が話したことが自分に聞こえたかを説明するのが困難だった。

　どこか遠くから大合唱団が何か聖劇楽を歌うのが聞こえてきて船室を満たした。「あれはレコードかラジオにちがいない」とピンフォールド氏は思った。「あれを船でやれるわけがない」それから彼はしばらく眠って、別な音楽で起こされた。例の若くて陽気な人たちがまたポコプタ族の三、八拍子を始めていて、ピンフォールド氏が時計を見ると十一時半になっていた。起きなければならなかった。

　彼は苦労して髭を剃ったり、着換えたりしながら、現在の状況についてよく考えてみた。今ではその装置のことが解っているので、楽隊が使っている部屋が船のどこでもあり得ることは明らかだった。前の日の礼拝式にしてもそうだった。そのときは静かに話している人の声が床の下から聞こえてきて、それがグローヴァーには聞こえなかったのが不思議だったが、その理由も今ははっきりしていた。しかしいろいろなもの音の聞こえ方がいかにも不規則で、場所が絶えず変わるのも、何かがかかったり、外《はず》されたりする音が聞こえるのもまだなぜか解らなくて、だれかが交換台か何かに向かっていてピンフォールド氏に対してそういういたずらをしているということは考えられなかったし、船長がもし聞かれたら自分にとって不利な話を放送させるわけもなかった。ピンフォールド氏はこういう装置の構造がもっとよく解るといいと思った。彼は何もかもががたがたになっていた終戦直後のロンドンで電話がどうかするとそういうふうになり、途中で切れて、それから妙な音が聞こえ、受話器を振りまわしているうちにまた線が繋《つな》がったのを思いだした。ここでもどこか彼の頭の上に、おそらくは通風筒の中に何本かの電線がまだ完全には絶縁されずにいて、それが船の動揺によって接触し、そのたびごとに船の違った場所からの音を伝えるのではないかと彼は考えた。

　船室を出る前に、彼は錠剤がはいっている小箱を手に取ってみた。彼は確かにからだの調子がよくなくて、それは足が不自由なだけの問題ではなかった。ドレーク先生は彼が別な眠り薬を使っていることを知らなくて、先生がくれた強力な新薬の錠剤がブロマイドやクロラルと、またジンやブランデーとも合わないのかも知れなかった、しかしとにかく、眠り薬のほうはもうなくなっていて彼は錠剤も後もう一度か二度だけ呑んでやめることにした。彼は一粒呑んで甲板に出た。

　そこは明るく人が大勢出ていて、日光が差し、風が気持ちよく吹いていた。ピンフォールド氏が甲板へ行く階段を登ってくるあいだの短い時間に若い人たちは演奏をやめて、後甲板で輪投げやデッキ・ゴルフをやり、船が横揺れしてお互いにぶつかるごとに大声をあげて笑っていた。ピンフォールド氏は甲板の手摺《てすり》に寄りかかってそれを見降ろし、こんなに無邪気で健康に見える連中がポコプタ族の音楽などに熱をあげるのを不思議に思った。グローヴァーは船尾で一人でゴルフ・クラブを振っていた。そこの中甲板の日が当たるほうにはもっと年取った人たちが膝掛けにくるまって椅子に納まり、伝記ものを読んだり、編みものをしたりしていた。船客の中の若いビルマ人たちは揃《そろ》ってブレザー・コートに薄い茶色のズボンをはき、二人ずつ組んで甲板を散歩していて、大隊の整列が始まるのを待っている将校のようだった。

ピンフォールド氏は真相を知らずに船長を褒《ほ》めていた軍人あがりらしい二人を探しだして、ほんとうのことを教えなければならないと思った。その年取っていて明瞭でごく普通な声色から彼は二人がどんなようすをした人たちかはっきり想像することができて、いずれも退役の陸軍少将なのだった。そして一九一四年には、おそらくは騎兵連隊の若い勇敢な将校で、戦争が終わるころには二人とも旅団長になり、それから陸軍大学に入り、また戦争が始まるのを辛抱強く待っていたところが、一九三九年になってもう部隊の指揮を命じられる見込みがないことが解った。それでも二人は銘々の仕事場で忠実に働き、防護団員も勤め、ウィスキーや剃刀《かみそり》の刃の不足に堪え、今は一年おきの冬にあまり金がかからない船で航海することができる身分で、それなりに立派な人たちだった。しかしどこを探してもこの二人はいなかった。

正午を知らせるサイレンが鳴ると、前日から船が進んだ距離と、それに賭けて勝った人の名前の発表を聞きにみんながバーのほうへ行った。スカーフィールド氏が少しばかりの賞金をもらうことになって、ピンフォールド氏を含めてそこに居合わせた人たちに飲みものを振舞った。ピンフォールド氏はスカーフィールド夫人がそばにいたので、「昨晩はつまらない話をして悪かったと思っています」といった。

「そんな」と彼女はいった。「わたしたちといらしったあいだはつまらない話なんて」

「いや、あの政治についての碌でもない話ですよ。医者にもらった錠剤のせいなんです。それが妙なぐあいに作用するようなんで」

「それはいけませんね」とスカーフィールド夫人がいった。「でも、つまらないお話どころか、ほんとうにおもしろかったんですもの」

ピンフォールド氏が夫人の顔を見つめても、そこには皮肉な表情など認められなかった。「とにかく、あんな話はもうしないことにします」

「いいえ、なさって」

ベンソン夫人とコックソン夫人という名前であることが解った二人の女の人たちも前のと同じ場所に腰かけていて、ピンフォールド氏は二人とも酒が好きらしいのに好感を持ち、二人に向かって挨拶した。彼は前よりもずっと気分がよくなっているのを感じて、目に留まったものには残らず挨拶した。

一人だけ、みんなが上機嫌でいるのに加わろうとしないのがいて、それは前の晩に食堂で一人で食事をしていた色が黒い小さな男だった。

やがて給仕が小さな銅鑼を叩きながらまわってきて、ピンフォールド氏はみんなといっしょに食堂に降りて行った。彼はスティヤフォース船長のような人間といっしょのテーブルなのが不愉快で、義理に少しばかり頭をさげただけですぐにグローヴァーと話を始めた。

「昨晩はうるさかったですね」

「そうですか」とグローヴァーがいった。「別にどうもなかったようですが」

「それじゃ夜はよくお眠りになるほうなんですね」

「いや、昨晩はそうでもなかったんですよ。普通はよく寝るんですが、運動不足だもんですから。昨晩は寝つかれなかったんです」

「それで、あの事故があったのがお聞こえにならなかったんですか」

「いいえ」

「事故ですか」とそれを聞いてスカーフィールド夫人がいった。「何か昨晩、事故があったんですか、船長」

「何も聞いていませんがね」とスティヤフォース船長がおちつき払っていった。

「こいつめ」とピンフォールド氏は思った。「良心がなくて裏切りもので助平で人非人の悪漢め」ピンフォールド氏は確かな証拠はなかったが、あのいやな声の給仕女なのか、秘書なのか、客なのか解らない女と船長の関係がひどく淫《みだ》らなものであることを本能的に感じていた。

「どんな事故があったんですか、ピンフォールドさん」

「いや、わたしの思い違いかも知れません」とピンフォールド氏は冷たく突き放していった。

「よく思い違いをするんです」

船長のテーブルにはスカーフィールド夫婦のほかにもう一組いて、これは前の晩、ピンフォールド氏が不用意に政治の話をしたときもいっしょだったが、それまではほとんど注意しないでいた別にどうということはない、感じは悪くはなくてどことなく金持ちらしい夫婦で、オランダ人か、スカンディナヴィア人か、とにかく、英国人ではないようだった。その女のほうが今度はテーブル越しに媚《こび》を含んだだみ声で、

「この船の図書室にはあなたのご本が二冊あるんですよ」と彼にいった。

「なるほど」

「今そのうちの『最後の切り札《ラスト・カード》』というのを読んでいるんです」

「それは『失われた音《ロスト・コード》』でしょう」

「そうです。あれは滑稽な本なんですね」

「そういった人もいます」

「わたしはそう思うんです。あなたもそうおっしゃるんじゃないんですか。あなたは意地悪な冗談がお好きだとわたしは思うんですよ、ピンフォールドさん」

「そうですかな」

「そのことで有名でいらっしゃるんじゃないんですか」

「そうかも解りません」

「後でその本、わたしにまわしてくださいませんか」とスカーフィールド夫人がいった。「みんながわたしが意地悪な冗談が好きだって言いますから」

「でも、ピンフォールドさんがお好きなのほど、意地悪な冗談でしょうか」

「それは比べてみなければ」とスカーフィールド夫人がいった。

「ピンフォールドさんをいじめちゃいけないよ」とスカーフィールド氏がいった。

「だって、それはもう馴れていらっしゃるでしょう」

「意地悪な冗談がお好きだから」と外国人の女のほうがいった。

「ではまた」とピンフォールド氏は苦労して立ちあがりながらいった。

「ほら、あなたがいじめるから」

「そうじゃなくて」と外国人の女がいった。「それがこの方の好みなんですよ。これからわたしたちのことをノートに書いて、そのうちにわたしたちはみんな、滑稽な本に登場することになるんですよ」

ピンフォールド氏は立ちあがって、色が黒い小さな男が一人だけのテーブルで食事をしているのを見た。自分もそうすればよかったと彼は思った。そこを出て行くときに最後に聞こえてきたのが事務長のテーブルで若い人たちが明るい声で笑っているのだった。

彼が食堂にいっていた一時間かそこらのうちに船室が掃除され、寝台の寝具もきちんとなっていて病院の寝台を思わせた。彼は上衣と靴を脱ぎ、葉巻きに火をつけて横になった。その日はまだほとんど何も食べていなかったが、少しも空腹を感じなかった。彼は天井の管や電線に向かって葉巻きの煙を吹きあげ、あの羨《うらや》むべき利口な小男のように、どうすればだれの気持ちも傷つけずに船長のテーブルから移って一人で黙って、人にうるさくされないで食事をすることができるだろうかと思った。そしてそれに答えでもするぐあいに頭の上の装置に何かかかる音がして、例の二人の年取った退役の軍人がちょうどそのことを話しているのが聞こえてきた。

「わたしはどうだっていいんだよ」

「それはもちろんだよ。わたしだってだ。しかしわざわざそれをいってくれるというのは行き届いたやり方だと思ってね」

「そう、それは行き届いている。それで、どういう話だったんだ」

「いや、その、きみとわたしとわたしの女房の席が作れなくて申しわけないっていうことでね。あの船長のテーブルは船長のほかに六人しか席がなくて、そのうちでスカーフィールド夫婦にはきてもらわなきゃならなかった」

「そう、それはそうだ」

「そう、それからあのノールウェー人の夫婦がいて、あの外国人のね」

「あれは何か偉いんだろう」

「それで、よくしなきゃならない。それで四人で、そうしたら、あのピンフォールドってやつの席を作れって会社から命令してきたんだそうだよ。だから後一人で、きみとわたしとわたしの女房を別々にすることはできないっていうことを船長は知っていたから、あの感じがいい若いの、——あのリヴァプールに伯父さんがいるのに決めたんだ」

「リヴァプールに伯父さんがいるのか」

「そう、それであれにしたんだ」

「しかしどうしてピンフォールドにしたんだ」

「会社の命令だよ。船長はいやだったらしいんだがね」

「そりゃそうだろう」

「あのピンフォールドっていうのは、どうも飲むらしい」

「それは前から聞いていた」

「船に乗ってくるのを見たんだがね。酔っ払っていて、ひどいものだった」

「それからずっともう、ひどいものだよ」

「自分では錠剤のせいだとかなんとかいっているがね」

「そんなことはない、酒だよ。あんなのよりかもっとずっと立派な人間が酒であんなふうになったのを知っている」

「まったくいやな話だね。この船になんか乗ってこなきゃよかったのに」

「乗せられたんじゃないか。療養の意味で」

「じゃ、だれかつき添っていなきゃ」

「きみはあの一人で食事をする色が黒い小さな男に気がついたかね。あれが目つけ役なんじゃないかな」

「あれがつき添いか」

「いや、むしろ番人だろう」

「あいつの女房があいつには知らせずにつけたっていうのか」

「わたしはそうだと見ている」

二人の老人の声が薄れて行って、やがて消えた。ピンフォールド氏は別に不愉快な感じにはならないで葉巻きを吸っていた。これは人が自分について自分の蔭でいいそうなことであり、他人について自分でもいうようなことで、ただそれが聞こえてくるのがいくぶん、薄気味悪いだけだった。彼の妻が彼に監視をつけているというのは秀抜で、彼は妻にそのことを手紙で書いてやろうと思った。それよりも彼が酔っ払っているというのが問題で、あるいは彼はそういう印象を与えているのかも知れなかった。あるいは、どのくらい前のことかもう解らなかったが、船が港を出た最初のときに彼が政治の話をしたときには彼は飲み過ぎていたとも考えられた。とにかく、錠剤か、眠り薬か、酒か、何か飲み過ぎていたことは確かだった。しかし眠り薬はもうなくて、彼は錠剤ももうやめようと思った。これからはカクテルを一杯か二杯と葡萄酒、それから晩の食事の後でブランデーを一杯だけにして、そうすれば間もなく元気を回復して仕事が始められるはずだった。

彼が葉巻きを最後の一インチの所まで吸ったとき、そしてそれは大きな葉巻きだったから一時間はそれを吸っていたわけだったが、今度は船長室から聞こえてくる声で彼の考えが中断された。いやな声の女がそこにいて、「懲《こ》らしめてやらなければ」とその声でいった。

「懲らしめてやる」

「思い知らせて」

「そう」

「いつまでも覚えているように」

「よし、連れてこい」

いつの日の朝だったか、この不穏なことばかり起こっている航海のあの朝、水夫が負傷したときのに似た足音や泣き声がして、だれかがつかまえられて船長室に引きずってこられたようだった。

「椅子に縛りつけて」と女がいって、ピンフォールド氏は『リヤ王』の「そいつの痩せ腕を縛れ」を思いだした。それをいうのはゴヌリルだっただろうか、それともリーガンだったたか。あるいはどっちでもなくて、コーンワルだったかも知れなかった。どうも芝居では男の声のようだった。しかし今は女の、あるいは一応は女の声で、綽名《あだな》をつけるのが好きなピンフォールド氏はさっそくその女のをゴヌリルにした。

「よし」とスティヤフォース船長がいった。「後はわたしがやる」

「それからわたしも」とゴヌリルがいった。

ピンフォールド氏はそう気が弱いほうではなくて、それまで特別に浮世離れした生活をしてきたわけでもなかったが、まだ残虐行為というものの経験がなくて、それが本や映画で描かれているのを少しも好まなかった。ところが今、この英国の船で午後になったばかりの時間にグローヴァーやスカーフィールド夫妻や、ベンソン夫人やコックソン夫人がいる所から何ヤードと離れていないこのきちんとなった船室で横になりながら、彼がいちばん嫌いなアメリカふうの三文小説の贋《にせ》ものででもなければ起こりそうもない場面にいや応なしに立ち会わされているのだった。

船長室にはスティヤフォース船長とゴヌリルと、二人の前で椅子に縛られているインド人の給仕の一人がいて、まず一種の裁判が行なわれ、ゴヌリルが証言して、悪意に満ちてはいても明確な言葉遣いでその給仕が彼女に暴行を加えようとしたいきさつを述べた。それはピンフォールド氏には充分にあり得ることに考えられて、女がその船でおかれているにちがいない妙な立場や、彼自身が食堂で聞いたひどい言葉や、例の牧師の無遠慮な話しぶりからしてこの言語道断な船では、そういうことが起こっても少しも不思議ではなかった。これは有罪だとピンフォールド氏は思った。

「有罪」と船長がいって、ゴヌリルは満足と期待がいっしょになった息のつき方をした。それから船長とその情婦は、船が一群のなんの奇もない船客を乗せて南に向かって進むあいだ、明らかに性的な興奮を示して、ゆっくりその男を拷問にかかった。

ピンフォールド氏にはそれがどういう種類の拷問か解らなくて、ただ男が呻《うめ》いたり、泣いたりするのや、それよりももっとやり切れないのは、ゴヌリルが露骨に取り乱して、「もっと、もっと。もっと。まだ始まったばかりなんですからね。こいつめ。もっと、もっと、もっと」というのが聞こえてくるだけだった。

ピンフォールド氏はそれでもう充分だった。すぐにも止めさせなければならなくて、寝台からどうにか起きあがり、靴を探し始めたが、そのとたんに船長室が静かになり、ゴヌリルが前とは違った調子で、「もういい」というのが聞こえた。

椅子の男はなんの音も立てなかった。それからだいぶたってスティヤフォース船長が、「もういいどころじゃなかったんだ」といった。

「そんな振りをしているだけよ」とゴヌリルがあまり自信がなさそうにいった。

「いや、死んだんだ」と船長がいった。

「それで、どうするつもり」とゴヌリルがいった。

「縄《なわ》を解け」

「わたしはいやよ。みんな、あなたがしたことじゃないの」

ピンフォールド氏は、おそらくは船長が船長室でやっているのと同じぐあいに、どうしていいか解らなくて船室に立っていた。そしてそうしているうちに、頭が混乱しているにもかかわらず、いつの間にか足の痛みが消えてなくなっていることに気がついた。彼は爪立ちし、膝を曲げてみた。彼は直ったのだった。いつもそんなふうに痛みが始まったり、なくなったりして、彼は動揺していながらも、この痛みが神経からくるもので、自分が受けた衝撃が錠剤よりも利き目があったのではないか、給仕の悶死《もんし》が彼を直したのではないかと考える余裕があった。それが一時《いっとき》、船長室の人殺しの犯人から彼の気をそらせた。

彼はまた聞き耳を立てた。

「船長として死亡証明書を書いて、暗くなってから水葬だ」

「船医は」

「船医もそれに署名する。まず死骸を病室に運ばなきゃ。また、乗組員と騒動を起こすのはまずいから。マーガレットを呼んで」

ピンフォールド氏の考えでは、これはまったく驚くべき話だったが、すぐにどうするというのではなかった。

なすべきことはあっても、それを今することはなくて、船長室に一人で飛び込んで行って船長を非難してもなんにもならなかった。もしそういう手続きがあるものならば、船長をその船長が指揮している船で逮捕するにはどうすればいいのだろうか。だれかに相談してみなければならなくて、それには経験もあるようでなんでもはっきり判断する二人の退役軍人がいちばん適していると思われた。彼は二人を探しだして事情を説明することに決めた。この人たちならば、どうすればいいか知っているはずで、おそらく、口述書を作らなければならなかったが、それは最初に船が寄港するポート・セードの英国領事館でか、あるいは船がどこか英国領の港につくまで待ったものかもこの二人に聞けば解るはずだった。

マーガレットという名前らしくて、前に水夫が負傷したときにもいた『リヤ王』のコーデリアに似て親切な看護婦が死骸に今度はつきそっているようで、「可哀そうに。このひどい傷をごらんなさいよ」といっていた。「これでも異常がないなんていえるんですか」

「船長がそういうんだから」と船医のらしい新しい声が聞こえてきた。「これは命令なんだ。この船じゃいろんな妙なことが起こっていて、きみもこの船にいるかぎりは見ざる、聞かざる、いわざるで行ったほうがいいよ」

「でも、可哀そうに。どんなに苦しかったでしょう」

「異常なしだ」と船医がいって、もう何も聞こえなくなった。

ピンフォールド氏はそれまでの靴を短靴に履きかえた。それから二本のステッキを戸棚の中にしまって、これにももう用はないと思い、やがてそれどころではなくなるとは夢にも知らず、ほとんどいそいそと中甲板に出て行った。

二人のインド人の水夫が宙につるされてボートかけのペンキの塗りかえをしているほかはだれもいなかった。三時半で、船客はみんな船室にいる時刻だった。ピンフォールド氏は戦場の上を鳴きながら飛ぶ雲雀《ひばり》のように元気が出てきた。彼は自由に歩けるのが嬉しくてたまらず、甲板を何度も、何度も歩いてまわった。この明るい平和な場所にいて、今、ペンキが光り輝いているすぐ上の辺で忌まわしい極《きわ》みのことが行なわれたのを信じることができるだろうか。何かの間違いではなかったのだろうか。彼はゴヌリルという女を見たことがなくて、船長の声もよく知っているとはいえなかった。それは確かに船長の声だったろうか。彼が聞いたのは陽気な若い人たちのにわか芝居、でなければ、ロンドンからの放送ではなかったのだろうか。

それは太陽と海と風と、自分が健康を回復したことから生じた希望的な考え方かも知れなかった。

どっちであるかはまだ解らなかった。

4　愚連隊

その晩、ピンフォールド氏は何週間ぶりだろうと思われるくらい、健康も、元気も、頭のぐあいももとにもどっているのを感じた。もう何日も赤い斑点で蔽《おお》われていた手を見ると、斑点が消えていて、鏡に映した顔もそれまでのように赤くなくて普通の色になっていた。彼は着換えるのにもずっと器用に手を動かせて、そうして着換えているとラジオの放送が聞こえ始めた。

「BBCの教養番組です。クラットン＝コーンフォースさんがこれから現代文学に見られる正統についてお話しになります」

ピンフォールド氏はクラットン＝コーンフォースを三十年も前から知っていて、これはだれにでも慇懃《いんぎん》で野心も相当にある男で現在はある週刊の文芸新聞の編集をしていた。ピンフォールド氏はこの男がどんなことについて持っている意見にも関心がなくて、その調子よくつづいて行く声を止める方法があるといいと思った。しかしそれができないので注意しないでいることにしているとちょうど、船室を出るときになって自分の名前をいっているのが聞こえた。

「ギルバート・ピンフォールドはその反対のもの、あるいは同じことをその反対の形で表わしています」とラジオはいっていた。「ピンフォールドの小説の根底にあるいくつかの性格はいつも同じであると見ることができて、それは筋が型にはまっていること、人間が描けていないこと、病的であるまでに感傷的であること、露骨で陳腐《ちんぷ》な道化がそれよりももっと露骨で陳腐なメロドラマと交代に出てくること、彼の宗教上の先入主を受け入れるか、受け入れないかによって、冒瀆《ぼうとく》にも、退屈にもなるしつこい信心ぶり、明らかに俗受けすることを狙っている不必要な肉欲主義などで、それが平板でなければまったくの無学を暴露する文体でわれわれに提供されています」

どうも、これはBBCの教養番組らしくないことだし、いつものアルジャノン・クラットン＝コーンフォースのようでもない、とピンフォールド氏は思った。しかし、と彼はつづけて思った。今度あいつがロンドン図書館の石段をよちよち登ってくるのに出会ったら下まで蹴落としてやるから。

「まったくのところ」とクラットン＝コーンフォースはまだやめずにいた。「もしだれかに、そしてこれはよくあることなのですが、現代文学の頽廃《たいはい》的な要素のすべてを一人で代表する作者を挙げるようにいわれましたら、わたしは即座にそれはギルバート・ピンフォールドであると答えます。次に、これといっしょにされることが多くてこれと同様に歎かわしい話であっても、いろいろな点でもっと興味がある作者であるロジャー・スティリングフリートに移ります」
そこまできて、何か装置のぐあいでクラットン＝コーンフォースの話がとぎれ、今度はだれか女の声で、

わたしはギルバートのフィルバート、
キの字つきの印《しるし》、
ピカデリーの伊達《だて》男、
退屈男のすれっからし。

と歌っているのが聞こえてきた。
ピンフォールド氏は船室を出て、途中で給仕が銅鑼を叩いてくるのに出会ったので中甲板に登った。彼は風が吹いている甲板の手摺に寄りかかって、船のあかりに照らされている海をしばらく見おろしていた。そうすると、どこかすぐ近くの所から先刻の音楽がまた聞こえた。

ギルバートのフィルバート、
キの字つきの大将。

この船でほかの人たちもラジオを聞いていて、中にはクラットン＝コーンフォースのあくたれ口を聞いたものもいるはずだった。彼はしかし人に攻撃されるのには馴れていた（もっとも、クラットン＝コーンフォースにそんなことをいわれたのは初めてだったが）。彼はだれかにその話をされて退屈な思いをさせられさえしなければ結構だという気だった。ことに、船長のテーブルで顔を合わせたノールウェー人の女にそのことをいわれるのはごめん蒙《こうむ》りたかった。

ピンフォールド氏の船長に対する気持ちはその午後のうちにある程度まで変わってきていた。船長が人殺しをしたかどうかについてはまだどっちとも決めかねたが、とにかく、船長にその疑いがあり、ピンフォールド氏が船長をあるいは破滅に向かわせることになるかも知れない秘密の事実を握っていることが、それまで彼が、船長には従わなければならない感じでいたのから彼を解放し、彼は少し船長がからかってみたくなった。

それで晩の食事になってみんなが集まると、彼はシャンパンを注文してから、話をいきなり人殺しのことに持って行き、グローヴァーに、

「あなたは人殺しをした人間を見たことがありますか」と聞いた。

グローヴァーはあって、彼が支配人をしている茶園でみんなに信用があった監督が女房を滅多切りにしたのだった。

「始終にこにこしていたんじゃないんですか」とピンフォールド氏が聞いた。

「それがそのとおりなんですよ。いつも機嫌がよくてね。それが死刑にされに連れて行かれるときなんかその兄弟と笑いどおしで、まるでそのことがおかしくてしようがないというふうだったんです」

「そうでしょう」

ピンフォールド氏は笑顔をして聞いている船長のほうをまっすぐに見たが、その大きな平凡な顔に不安の表情が認められるかどうか解らなかった。

「船長、あなたは人殺しをした人間を見たことがおありになりますか」

船長もあって、彼が初めて船に乗り組んだとき、火夫がシャベルで仲間を殴り殺したのだった。しかしこれは汽罐室《きかんしつ》の暑さで精神に異常を呈したのだという判決だった。

「わたしの国では冬が長くて、森林地帯で男たちが酔っ払って喧嘩します。それでだれか殺されることもありますね。わたしの国ではそれは死刑にならない。それより医者の問題とわたしたちは思います」

「人殺しをするのはみんな、気が違っているんじゃないんですか」とスカーフィールド氏がいった。

「そして始終、笑顔をしている」とピンフォールド氏はいった。「それでしか解らないんですよ。

――そういう人間はいつも機嫌がいいということのほかはね」

「しかしあの火夫はあまり機嫌がよくありませんでしたがね。むしろ無愛想なやつでしたよ」

「しかしそれは気が違っていたから」

「いやに話が病的なものになってきたじゃありませんか」とスカーフィールド夫人がいった。

「どうしてこんな話になったんでしょう」

「クラットン＝コーンフォースのほどじゃありませんよ」とピンフォールド氏はいくらか意地悪にいった。

「だれのですって」とスカーフィールド夫人が聞いた。

「なんですって」とノールウェー人の女も聞いた。

ピンフォールド氏はテーブルを囲んでいる人たちの顔を見まわしたが、だれも放送を聞いていなかったことは明らかだった。

「いや」と彼はいった。「ご存じないんなら、そのほうがずっといいんですよ」

「教えて」とスカーフィールド夫人がいった。

「いや、ほんとうになんでもないんです」

夫人は残念だという印に肩をゆすってみせて、その可愛い顔を今度は船長のほうに向けた。

それからしばらくしてピンフォールド氏は水葬の話を持ちだそうとしたが、だれもあまり興味を示さなかった。彼はその日の午後、この問題についていろいろと考えて、グローヴァーが給仕たちがトラヴァンコアからきているといったのからすれば、彼らがこの地方の複雑な文化の形態をなしているいくつかの古いキリスト教の宗派のどれか一つに属しているというのは充分にあり得ることだった。それならば、その仲間の一人を葬るのに何か宗教的な儀式が行なわれることを求めるのにちがいなくて、船長が自分に嫌疑がかかるのが避けたければ、死骸をそっと海にほうり込むなどということはできないはずだった。ピンフォールド氏はかつて輸送船で運ばれていて、隊のものが一人、拳銃で自殺したときにその水葬に参列したことがあって、それがかなり長くかかったのを覚えていた。ラッパが吹かれ、船は式のあいだ、停止していたようで、「キャリバン」号では競技用の甲板がそういう式が行なわれるのにもっとも適していると思われた。ピンフォールド氏はその晩は張り番をすることに決めて、もし何も起こらなかったならば、船長は無罪であることになった。

その晩も船長は前の晩と同様にブリッジをやり、そのあいだじゅう、笑顔をしていた。「キャリバン」号ではみんな早く寝て、十時半になるとバーが締まり、電気が消されたり、灰皿が空けられたりし始めて、船客は銘々の船室に引き揚げて行った。ピンフォールド氏は自分一人になると甲板のうしろのほうへ、競技用の甲板を見おろす腰かけがある所まで出て行ったが、ひどく寒くて、外套を取りに船室にもどった。そうするとそこは温かで居心地がよくて、そこで張り番をしても同じことなのに気がついた。もし船の機関が止まれば、それで式が始まったことが解るわけだった。彼がそれまで飲んでいた眠り薬の影響はもう少しも残っていなくて、彼は完全に正気を取りもどし、服をつけたまま寝台に横になって小説を読み始めた。

時間がたって行って、例の装置からはなんの音も聞こえず、船の機関は動きつづけ、船の鉄板や船室の羽目板が軋《きし》り、換気装置が立てる低い音が船室を満たした。

その晩、「キャリバン」号では弔辞も、挽歌《ばんか》も、葬式のときに行なわれるものは何もなくて、その代わりにピンフォールド氏がいる船室の窓のすぐ外で一種の茶番劇のようなものが五時間か六時間つづいた。ピンフォールド氏は自分一人のために演じられたその芝居がいつ始まったか解らなかった。もしそれがほんとうに舞台で行なわれたならば、彼はそれをいくらなんでも芝居がかり過ぎていると思ったにちがいなかった。

立て役者は二人の若手で、一人はフォスカーと呼ばれ、主人公であるもう一人のほうは名前がなかった。二人ともそこにきたときから酔っ払っていて、そこにいるあいだの長い時間、少しも正気にならなかったのから察すれば、一本持ってきてそれをたびたびまわし飲みしたのであり、最後に何をいっているのか解らなくなるまで酔い方がしだいに烈しくなって行った。その声では、いずれも紳士の身分ではあるらしかった。フォスカーは確かに楽隊をやっていた連中の一人だったようで、ピンフォールド氏はこのフォスカーをその晩、食事の後でラウンジで女の子たちとふざけているのを見たと思い、それは背が高くて非常に若い、みすぼらしい身なりでどこかならずものふうの、またそれでいて快活な、髪を長くして口髭を生やし、頬髯も生やしかけた芸術家肌の男だった。たとえば、ヴィクトリア時代の小説に出てくる放埒な法律事務所の見習いや役所の書記に似たところもあり、また、戦争中にピンフォールド氏はどうかするとこういう若い男が任官してきて連隊で嫌われ、他所に移って行くのに出会ったこともあった。後になって彼はほんの一目見ただけの男からなぜそんなにはっきりした印象を受けたのか、またもしフォスカーが実際にそういう男ならば、それがこういう船で東洋に向かう理由も解らなかったが、印象が非常にはっきりしていることに変わりはなかった。もう一人の若い男はその声がするだけで、いっていることはいやらしくても、その声はどこか感じがよくて、教養がある人間のものだった。

「もう寝たよ」とフォスカーがいった。

「それじゃ起こしてやるさ」と感じがいい声がいった。

「音楽」

「音楽」

わたしはギルバートのフィルバート、

キの字つきの印、

ピカデリーの伊達男、
退屈男のすれっからし。
可哀そうに、女たちが
銘々の小屋から出て行く先が
ギルバートのフィルバート、
キの字つきの大将。

「出てこいよ、ギルバート。小屋から出てくるときだよ」

失礼千万な、とピンフォールド氏は思った。阿呆《あほう》どもめ。

「どんな気持ちでいるのかね」

「だって、意地悪な冗談が好きなんじゃないか。変わったやつなんだよ。変わってんだろう、ギルバート、小屋から出てこいよ、変わってる野郎」

ピンフォールド氏は窓の引き戸を引いたが、外の騒ぎは前と変わらなかった。

「そうすればわたしたちが入ってこられないと思っているんだ。駄目だよ、ギルバート。わたしたちは窓から忍び込むんじゃないからね。戸を開けて入ってきて、それこそ、ひどい目に会わせてやる。今度は戸に鍵《かぎ》をかけやがった」ピンフォールド氏はそんなことはしていなかった。

「あまり勇敢じゃないらしいな、戸に鍵をかけるなんて。ギルバートは鞭《むち》でぶたれたくないんだよ」

「しかしぶたれる」

「それはそうさ。ぶたれるんだよ」

ピンフォールド氏は直接行動を取ることに決めてドレッシング・ガウンをつけ、太いほうのステッキを持って船室を出た。その外の甲板へ行く戸口が廊下の少し先にあって、そこまで行くあいだじゅう、二人の愚連隊の声が彼を追ってきた。彼はフォスカーのような世をすねた碌《ろく》でなしが酒を飲めば威勢がよくなっても、すぐにへこまされることを知っていた。彼は重い戸を押し開けて、風が吹いている甲板に意気込んで出て行ったが、そこにはだれもいなかった。そこから目が届くかぎり、濡れた甲板が船のあかりを受けて光っているだけで、どこか上のほうからけたたましい笑い声が聞こえてきた。

「駄目だよ、ギルバート、そんなことをしたってつかまりはしないさ。おまえの小屋にもどれよ、ギルバート、わたしたちのほうからそのうちに行ってあげるから。戸に鍵をかけておいたほうがいいね」

ピンフォールド氏は船室にもどって、鍵はかけないで寝台に腰をおろし、ステッキを握ったまま待っていた。

二人の若い男は相談を始めた。

「寝てしまうまで待とうじゃないか」

「その上でいきなり飛びかかるか」

「しかしあまり眠そうじゃないね」

「女の子たちに歌って眠くさせてもらおうじゃないか。おいでよ、マーガレット、歌ってギルバートを寝かしてくれよ」

「あなたたちがしているようなことをしてかまわないの」その声は正気で、はっきりしていた。

「もちろん、かまわないさ。わたしたちはただふざけているだけなんだよ。ギルバートもそれがよく解っていて、わたしたちもいっしょになってやってるんだ。あれだってわたしたちの年のころにはよくこういうことをやって、オックスフォードで学生の部屋の外でおかしな歌を歌ったりしてね。あれは学長の部屋の外で大騒ぎをして、それで退学させられたんだ。学長がいかがわしい遊びをするっていってね。みんな冗談だったんだよ」

「それじゃ、もしほんとうにかまわないんなら……」

二人の若い女が非常にいい声で歌いだした。

メーベルに最初に会ったとき、

綺麗なロシアの貂《てん》を着ていて、
わたしを満足させることができるのが
すぐに解った。
少しも固苦しいところがなくて……

ピンフォールド氏もよく知っているこの歌の後半は言葉のうえでは猥褻《わいせつ》なものであるが、女たちの無邪気で正確な声に乗って清められ、美しくなって海の上に消えて行った。この女たちはほかにもいろいろな歌を長いあいだ歌っていて、その後もその夜の騒ぎをとおして歌いだすことがあったが、それでピンフォールド氏を宥《なだ》めることはできなかった。彼は眠気など少しも感じないで、ステッキを握って乱暴ものが入ってくるのを待っていた。

そのうちに名前がないほうの若い男の父親が二人の所にやってきて、それが退役軍人の一人だった。

「もう寝なさい、二人とも」と彼はいった。「騒々しいじゃないか」

「ピンフォールドをからかっているだけなんですよ。あれはひどいやつなんですから」

「それだからって、船中を騒がすことはないだろう」

「あれはユダヤ人です」

「そうか。それはほんとうかね。初めて聞いた」

「もちろん、ユダヤ人ですよ。あれは一九三七年にリッチポールにドイツの避難民といっしょにきて、そのころはパインフェルトという名前だったんです」

「わたしたちはパインフェルトを懲《こ》らしめてやりたいんです」と感じがいい声のほうのがいった。「ひどい目に会わしてやりたいんだ」

「かまわないでしょう、ひどい目に会わしても」とフォスカーがいった。

「あれがひどいやつだっていうのはどういうことなんだ」

「あいつの小屋に靴を十二足もしまってあって、それがどれも綺麗に磨いて型木が入れてあるんです」

「あれは船長のテーブルで食事をする」

「わたしたちの部屋に近い風呂が一つしかないのをあいつが取ったんです。それを今晩、わたしが使おうとしたら給仕がそれはピンフォールドさんの専用だっていうんですよ」

「パインフェルトさんだ」

「わたしはあいつが憎くて、どうにもあいつが憎いんです」とフォスカーがいった。「それにわたしはヒルの敵《かたき》も討ってやらなきゃならないし」

「あの拳銃で自殺した百姓か」

「ヒルはちゃんとした昔ふうの自作農で、立派な男だったんです。そこへあのユダヤ人のやつがやってきて土地を買っちまったんだ。ヒルの家の人たちが何代もそこを耕してきたのにね。それでヒルの一家は追いだされて、ヒルは首をくくって死んじまったんです」

「しかしだ」と退役少将がいった。「そこで怒鳴ったりしたってなんにもならないじゃないか」

「いや、これから入って行って、ぶちのめしてやるんです」

「それはできるだろうが」

「わたしたちに任《まか》しといてください」

「わたしはここにいてその証人に呼ばれたりするのはごめんだね。ああいう連中はすぐに訴訟を起こすんだから」

「恥ずかしくってできやしませんよ。『小説家、航海中にご難』なんていう見出しで新聞で書き立てることになりますから」

「そんなのは平気だよ。ああいう連中は自分の名前が出さえすればいいんだから」それから少将は調子を変えて、「わたしももっと若ければ手伝うところなんだが」と寂しそうにつけ加えた。「思い切りぶちのめしてやれ。ただ、面倒が起きたらわしは何も知らなかったんだということを忘れないでくれ」

女たちが歌い、若い男たちは飲み、そこへやがて今度は母親のほうが説得にきて、そのもの悲しげな口調がピンフォールド氏に、彼のもう死んでしまった聖公会の信者の叔母さんたちを思いださせた。

「眠れないのよ」と母親はいった。「あなたがそんなになっているときにわたしが眠れないことは知っているでしょう。もう寝ませんか。フォスカーさん、あなたはどうしてわたしの子にこんなことをさせることがおできになるんです。マーガレット、あなたはこんなに遅くなって何をしているの。もうお寝なさい、お願いだから」

「でも、これは冗談にやっているだけなのよ、ママ」

「ピンフォールドさんが冗談とお思いになるかどうか」

「わたしはあいつが憎いんだ」と息子がいった。

「憎い」と母親がいった。「どうしてあなたのような若い人たちは憎んでばかりいるのかしら。世の中が変わってきたんだろうか。わたしは、あなたを人を憎むように育てはしなかったはずなのに。なぜ、あなたはピンフォールドさんを憎んでいるの」

「わたしはフォスカーと一つの船室を分け合わなければならないのに、あの野郎は自分一人で船室を一つ取っているんだもの」

「それはそれだけお金をお払いになったんでしょう」

「そう、ヒルを瞞《だま》して取った金をね」

「それは、あの方がヒルになさったことはよくありません。それでも、あの方は田舎での仕来《しきた》りをご存じないんですからね。ご近所にもう長いこと住んではいるけれど、まだお目にかかったことがなくて、あの方はわたしたちを見下していらっしゃるのかも知れない。わたしたちはあの方のように頭がよくもなければ、金持ちでもないんですから。でも、それだからといってあの方を憎むことはないでしょう」

そうすると息子のほうがただもうむやみやたらにピンフォールド氏を攻撃し始めて、それが終わらないうちにフォスカーのほかはみんな行ってしまった。二人が騒ぎを始めたころはまだ冗談半分にやっているところがあったが、今は二人はまったく憎悪に駆られているようすで、猛烈ではあってもなんの脈絡もない非難を聞くに堪えない言葉をまぜて繰り返し、それにさらに尾鰭《おひれ》をつけて行った。ことに何度も強調されたのがヒルが追い立てを食ってそのために自殺したことだったが、そのほかにもいろいろなことが持ちだされた。ピンフォールド氏は、二人によれば、彼の母親を窮死させたということだった。彼は母親が無学な移民であるのを恥ずかしく思い、完全に見離してそばに寄りつこうともせず、ただ一人で死なせて養老院から出た葬式に参列もしなかった。ピンフォールド氏は戦争になっても従軍するのをうまく逃れ、かえってそれを機会に名前を変えて英国人になりすまし、彼の素性を知らないものに取り入り、ベラミー・クラブの会員にまでなった。彼は何かの形でどこかで月長石《げっちょうせき》が一つ盗まれたのに関係していた。彼は船長のテーブルで食事するために多額の金を使い、彼のような人間は英国、ことに農村に見られる英国というものの没落を来《きた》すものであり、チュードル王朝時代の新興階級が、というのはこれはむしろピンフォールド氏ならばいうことで、二人がそういったわけではなかったが、その新興階級が教会と農民の財産を奪ったのと同じことをピンフォールド氏はしているのだった。彼がカトリックになったのは貴族の歓心を買うための手段にすぎなくて、彼はさらに男色家であり、彼は懲らしめられなければならなかった。

夜が更けて行くにしたがって二人がいうことはますます気違いじみてきて、威《おど》かしの文句にも凄味が加わり、二人は殺気立つために乱舞する野蛮人のようだった。ピンフォールド氏はその襲撃に備えて作戦を練った。二人は一人ずつ船室に入ってくるにちがいなくて、船室は広くはなかったが、ステッキを振るだけの場所はあった。彼は電気を消して戸のわきに立った。二人が電気がついている廊下から急に暗い部屋に入ってくれば、彼がどこにいるかすぐには解らなくて、彼は最初に入ってきたほうを太いステッキで打ち倒し、それから細いステッキを使うつもりだった。後からくるのは倒れた仲間に躓《つまず》いて転んで、そうしたらピンフォールド氏は電気をつけてそのほうをゆっくり折檻《せっかん》するのだった。二人は何かするには酔っ払いすぎていて、ピンフォールド氏には勝算が充分にあり、彼は二人がくるのをおちついて待った。

外の騒ぎは行く所まで行きついたようだった。

「今だ。いいかい、フォスカー」

「いいよ」

「それじゃ行こう」

「きみが先に入れ、フォスカー」

ピンフォールド氏は身構えた。彼は先にいきなり打ち倒されるのがフォスカーで、本式に懲らしめられるのが首謀者のほうであることになったのを喜んだ。これは正義が要求することだった。しかしそれが期待はずれに終わって、フォスカーが、「入れないんだ。あいつ、戸に鍵をかけている」といった。

戸に鍵はかけてなかった。それにフォスカーは取っ手に手をかけもしなくて、取っ手は一度も動かなかった。フォスカーは怖じ気がついたのだった。

「早くしろよ。どうしたんだ」

「戸に鍵がかかっているんだったら」

「それじゃ駄目だな」

二人はしょんぼりして甲板にもどってきた。

「なんとかあいつをあすこから出てこさせなければ、今晩中に」とフォスカーではないほうがいったが、その声にもう元気はなくて、次に、「吐きそうだ」というのが聞こえた。

「今晩はやめとこうよ」

「気持ちが悪い。ああ」

それにつづいて吐く不愉快な音と、その後で泣き声が聞こえた。それは最初は負傷した水夫、それから殺された給仕、そして今度はその若い男と、「キャリバン」号ではやむことがないらしいみじめな泣き声だった。

そこへその男の母親が慰めに現われた。

「今まで寝ないでいたんですよ、あなたのことが心配で。わたしはあなたのためにお祈りしていたの。もうお寝なさいよ、ね」

「ええ、寝ます」

「わたしはあなたを愛しているの。愛は苦しみなのです」

急に静かになった。ピンフォールド氏はステッキをしまって窓の引き戸を開けた。もう明け方だった。彼は寝台の上に横になって、怒りは消え、目は完全に覚めていて、前の晩の出来事を冷静に検討し始めた。

水葬が行なわれなかったことだけは確かのようだった。また事実、ゴヌリルとスティヤフォース船長と殺された給仕のことは、今度のことが新たに起こって嘘ではないかという感じさえしてきた。ピンフォールド氏は持ち前の念入りなやり方で、彼に対して積みあげられた罪状を項目ごとに吟味《ぎんみ》しにかかった。そのあるものは、たとえば彼がユダヤ人だとか、男色家だとか、月長石を一つ盗んだとか、母親を窮死させたとかいうのはまったく話にならなかった。ほかのも筋がとおっていなくて、もし彼が英国にきたばかりの移民ならば、彼がオックスフォードから退学させられるわけがないし、田舎で地主になりすまして暮らしたくて隣近所のものにちゃんとしないというのもおかしかった。明らかに、二人の若い男は酔っ払った勢いで出鱈目《でたらめ》をがなり立てたのだったが、それではっきり解ったのは彼が「キャリバン」号であまり好かれていないこと、船客のうちの二人は彼を盲目的に憎んでいること、およびこの二人が間接に彼について何かと聞いているということだった。そうでなければ、どんなに事実とかけ離れていても、二人が彼の妻とヒルのことを知っているわけがなかった。そのヒルはピンフォールド氏が最後に聞いたところでは健在でよろしくやっているということだったが、二人はピンフォールド氏やヒルと同じ地方のものにちがいなくて、ヒルは仲間には自分の抜け目なく立ちまわったのを自慢しても、よそでは自分が不当に扱われたというようなことをいっているのかも知れなかった。そしてもしそういうことがいわれているのならば、ピンフォールド氏はそれを訂正しなければならなかった。それにピンフォールド氏は船に乗っているあいだの自分のことも考える必要があった。彼が仕事をするのを邪魔されるのは迷惑で、二人の若い男が酔っ払うごとに彼の船室の外で騒ぎにくるのではやり切れなかった。さらに、彼に肉体的に危害を加えることを企て、それに成功することも考えられ、そうなれば屈辱であり、実際に困ったことになるかも知れなかった。どこにでも新聞記者はいて、彼は彼の妻が新聞でその騒ぎを報じたアデンかポート・スダンからの外電を読んでいるところを想像した。彼は船では法を代表する船長にこのことを持ち込んでもいいと考え、そうすることで船長にかかっている嫌疑のことを思いだした。ピンフォールド氏はなるべく早い機会に船長を殺人罪で訴えようとしていて、そのピンフォールド氏が喧嘩に巻き込まれ、場合によっては消されるならば、船長にとってそれほど都合がいいことはなかった。そこで新たな疑いが生じて、ピンフォールド氏は軽率にも晩の食事のときに自分が知っていることを仄《ほの》めかしたのであり、その後で起こったことが船長の指し金によるということも考えられなくはなかった。船長室以外に、バーが締まってから二人の若い男が飲める所はないはずだった。

ピンフォールド氏は髭を剃り始めて、この事務的な行為が彼の理性を目覚めさせた。船長が人殺しをしたかどうかはまだ解らないのだった。解っていることから始めなければならなくて、まず前の晩のことを処理する必要があった。彼は船客名簿を調べてみたが、それにはフォスカーという名前は載っていなかった。ピンフォールド氏自身、大西洋を渡るときには変名を使って人にうるさくされるのを避けていた。フォスカーにそのような理由はなさそうだったが、彼はお尋《たず》ねものなのかも知れなかった。もう一人のほうは一応ちゃんとした身分のものらしくて、四人同じ名前が並んでいるのは探しやすいはずだった。しかし名簿には夫婦と息子と娘の一家も見当たらなかった。ピンフォールド氏は二度目に顔に石鹼《せっけん》をぬりながら、どうにも納得が行かなかった。それだけの人数が名簿が刷られてから船に乗り込むということは考えられなくて、そんなに急に外国に出かけることを思い立つ人たちのようでもなかったし、それにそういう人たちはこのごろはたいがいは飛行機で旅行した。さらに、この一家といっしょにもう一人の陸軍少将がいた。ピンフォールド氏は石鹼をぬって考え込んでいる自分の顔を眺めた。そうするといっさいが分明《ぶんめい》になって、義父なのだということに彼は思い当たった。それで父親に母親、息子と娘と名前が二組あることになり、気をつけていれば、その二組のものを探しだすのはむずかしくはないはずだった。

ピンフォールド氏はその朝の服装に注意した。彼は近衛旅団の色に染めたネクタイを締め、トウィードの服と同じ地の鳥打ちをかぶった。彼が外に出ると水夫たちが甲板を洗っていて、昨晩の不愉快な名残りはすでに跡形もなくなっていた。彼は中甲板に登って行った。ほかのときならば彼を喜びで満たすような爽《さわ》やかな朝で、いやなことが重なっている現在でも、彼はいい気持ちにならないではいられなかった。彼は深く息をしながらそこに立ち、彼を悩ましていることもたいして重荷ではなくなった。

マーガレットがどこかすぐ近くで、「ごらんなさい」といった。「あの方がいらっしゃる。今日は立派ね。今ならば差しあげるものをお部屋に置いて行けるでしょう。給仕に持って行ってもらうのよりもそのほうがよかないかしら。わたしたちが自分で並べることができる」

「喜んでくださるかしら」ともう一人の若い女がいった。

「それはくださるでしょう。ずいぶん、苦労して探して、あれ以上のものはなかったんですもの」

「でも、メッグ、あんなに偉い方が」

「だから、お喜びになってよ。偉い人ほどなんでもないものをもらうのが好きなんだから。どうしても今朝のうちに持って行ってあげなくちゃ。そうすれば昨晩あの人たちがやったことがわたしたちとは関係がないことがお解りになるから。少なくとも、気持ちのうえではね。わたしたちはただ愛情と冗談だけでやったことがはっきりする」

「でも、もしそこへ入っていらしたら」

「あなたが見張りしてて。もし下に降りていらっしゃるようだったら歌って知らせてくれればいい」

「あの、メーベルに最初に会ったときの」

「もちろんよ。あれが、わたしたちの歌なんですもの」

ピンフォールド氏はマーガレットを不意打ちしたくなった。彼は女に好感を持たれるという、最近では滅多に味わったことがない男の喜びを噛《か》み締めていて、この嬉しいことをいう女に会ってみたくなったのだった。しかしそうすれば自然その兄弟やフォスカーの正体が知れることになって、それは信義に背《そむ》くことだった。その贈りものというのが何なのか解らなかったが、それが一種の休戦の印であることは間違いなくて、女のそういう親切に乗ずることはできなかった。

そのうちにマーガレットがその友だちがいる所にもどってきた。

「一度もあすこからお動きにならなかったのね」

「ええ、あすこにお立ちになったまま。何を考えていらっしゃるのかしら」

「あのしようがない人たちのことでしょう」

「いやな思いをしていらっしゃるのかしら」

「あれは勇敢な方だから」

「勇敢な人ほど、感じやすいっていうこともある」

「部屋におもどりになってわたしが置いてきたものがそこにあればいいのよ」

ピンフォールド氏は一時間ばかり甲板を散歩した。ほかにはだれもいなかった。

朝の食事の用意ができたことを知らせる銅鑼が鳴って、ピンフォールド氏は甲板を離れた。彼はマーガレットが何を置いて行ったか見にまず船室に寄ったが、給仕が持ってきた紅茶が冷たくなっているほかは何もなかった。船室の中はもう片づいていて、どこにも贈りものなど見当たらなかった。

そこを出ると給仕と顔を合わせた。

「わたしの船室に若い女の人が何か置いて行かなかったかね」

「はい、お食事の用意はできております」

「いや、今から一時間ばかり前に何か置いて行った人があると思うんだが」

「はい、今銅鑼が鳴りました」

「あら」とマーガレットがいった。「見つからなかったのね」

「探せばいいのに」

「探して、ギルバート。探すんですよ」

彼は小さな戸棚の中や寝台の下を覗き、洗面台の上の戸棚まで開けて見たが、何もなかった。

「そんな所じゃないの」とマーガレットがいった。「見つけられないのよ。あの人は何も見つけられやしない」と彼女は諦めた口調でいった。「あの可愛くて勇敢な馬鹿は何も見つけられやしない」

それで彼は食堂へ一人で降りて行った。

まだほかにだれもきていなかった。ピンフォールド氏はお腹が空いていて、コーヒーと魚と卵に果物を注文した。そしてこれから食べ始めようというときに何かがかかる音がして、テーブルに置いてあった薔薇《ばら》色の傘《かさ》がついている小さな電気スタンドが放送を始めた。前の晩の不届きな青年どもがもう起きていて、一晩騒ぎつづけていたのにもかかわらず、すっかり元気を取りもどしていた。

二人は狩りで獲《え》ものを追っかけて行くときの用語でピンフォールド氏に向かって叫びつづけた。

「フォスカーが狩りのときの言葉遣いを知らないのは残念だ」と少将がいった。

「出てこい、パインフェルト。おまえがどこに隠れているか知っているんだ。もうわたしたちのものだぞ」鞭を鳴らす音がして、「痛い」とフォスカーがいった。「気をつけてくれよ」

「逃げろ、パインフェルト、逃げろ。見つけたぞ。早く逃げろ」

ちょうどそのとき、給仕がピンフォールド氏の所に燻製《くんせい》を持ってきていたが、電気スタンドから出てくる声を給仕は種類がむやみに多いナイフやフォークや、食べられはしない食べものがいくらでもあるのと同様に、遠い西方の複雑で忌まわしい生活のしかたの一部をなすものと考えて聞き流しているようだった。

ピンフォールド氏は知らん顔をして食事をした。二人の若いものは朝のはっきりした声で前の晩の滅茶苦茶な言い分を繰り返し、そのあいだに、「出てこい、ギルバート。おまえは恐いんだろう、パインフェルト。わたしたちはおまえと話がしたいんだよ。パインフェルト。それが恐くて隠れているんだろう。わたしたちと会って話をするのが恐いんだ」などといった。

マーガレットが、「ギルバート、どうかしたんじゃないんでしょうね」といった。「どこにいるの。あの人たちに見つからないようにね。わたしの所にいらっしゃい。隠してあげますから。あなたはわたしたちがあなたにあげたものが見つけられなくて、あの人たちがまたあなたを追っかけ始めたんですよ。わたしがあなたを助けてあげるから、ギルバート。わたしよ、わたし、ミミ。わたしを信用してくださらないの」

ピンフォールド氏はスクランブルド・エッグスを食べ始めて、それを注文したときに卵が新しくないのを忘れていたことに気がつき、給仕を呼んでそれを持って行かせた。

「食欲がないんだね、ギルバート。臆病風《おくびょうかぜ》に吹かれているんだろう。それじゃ食べられないよね。かわいそうに、恐くて食べられないんだって」そのうちに二人は会う場所について指図し始めた。「……甲板に出て右へ行く。いいね。そこに格納所があって、その次の隔壁だ。そこで待っている。きたらどうだ。いつかわたしたちと会わなきゃならないんだからね。もうおまえは逃げられやしないんだし。もう逃げられやしないんだよ、ギルバート。逃げられないんだから、きたらどうだ……」

ピンフォールド氏はもういい加減いやになって、やめさせることに決めた。彼は陸軍で信号するときの言葉遣いをどうにか思いだし、電気スタンドを自分のほうに引き寄せて冷たい声で、

「発ピンフォールド、宛《あて》愚連隊ども。ラウンジに集合〇九三〇、終わり」といった。

その電気スタンドは動かせないようにできていて、彼がそれを引き寄せると何かが切れ、電気が消えてそのとたんに声も聞こえなくなった。ちょうどそこへグローヴァーがきて、「電気がどうかしたようですね」といった。

「動かそうとしたんですよ。昨晩は眠れましたか」

「よく眠れました。今度は何も騒ぎはなかったんでしょう」

ピンフォールド氏はグローヴァーにいったものかどうか考えて、すぐにいわないことに決めた。

「ええ」と彼はいって、給仕にハムを注文した。

食堂に客がだんだん入ってきて、ピンフォールド氏はその人たちと挨拶をかわした。彼は甲板に出て、ならずものどもが見分けたくて絶えず人に注意し、マーガレットはあるいは名乗って出るかも知れないと思ったが、愚連隊らしいものはいなくて、何人かの健康な感じの若い女がズボン姿にダッフル・コートを着たりして通り過ぎ、その一人がマーガレットであるかも知れなくてもそのうちのだれもそんな素振りを見せなかった。九時半になって、ラウンジの隅の肘掛け椅子に腰をおろした。彼は太いほうのステッキを持ってきていて、それは青年たちがどうかしてしまっていてそんな場所で昼間でも彼にかかってくることが考えられなくはないからだった。

彼はこれからの出会いの予行演習をやってみた。彼が裁判官で、そのものたちをそこへ呼びだしたのであり、それには連隊の本部室のような感じをだすのがちょうど合っているだろうと思った。彼は連隊長で喧嘩をした兵隊を査問しているので、彼にたいした権限はなかったが、厳しく叱りつけて、軍以外の官憲に引きわたすといって威かすことはできた。

　彼は「キャリバン」号に乗っているものは英国の国内にいるときと同様に英国の法律に従わなければならないこと、それによれば名誉毀損《きそん》と個人の襲撃は重罪であって、その前科は一生つき纏《まと》うことをいって聞かせ、威かせるだけ威かしてから、相手が彼のことをどう思っていようと彼はいっこうにかまわなくて、その友情も敵意もいずれも僭越《せんえつ》の至りと考えていることを冷たい声で説明した後、それはそれとして相手の言い分は聞いておこうというつもりだった。一般に、有能な士官というものは兵隊がありもしないことを根に持つことからいかに大きな弊害《へいがい》が生じるものかを知っている。今の相手は明らかに彼についていろいろと誤解していることがあって、それならばそれを一度洗いざらいいってしまってから真相を聞かされて、一言もなくさせられたほうがよかった。それにその誤解がピンフォールド氏の近所にいる人たちのあいだで行なわれている噂《うわさ》から生じたものらしいのであるから、彼はそれを調べて訂正する必要があった。

　ラウンジにいるのは彼だけで、ほかの船客は甲板に椅子を並べて膝掛けにくるまっていた。ラウンジにいると、船の機械の音のほかは何も聞こえなくて、楽隊が演奏する場所のそばの時計は十時十五分前になっていた。ピンフォールド氏は十時まで待ってから無線電信の所に行って妻に病気が直ったことを無電で知らせることにした。それ以上、碌でもないものどもに待たされることはなかった。

　先方も同じようなことを考えているのが解った。やがて機械の音を越えて二人の愚連隊が彼の話をしているのが聞こえ始め、その声はどこか彼の頭の上に当たる羽目板の辺から伝わってきた。最初は彼の船室で、次には食堂、今はここで、戦争中の通信装置の名残りはいつどこで動きだすか解らなかった。ピンフォールド氏は船全体の配線を徹底的に検査する必要があると思った。これでは火災が起きる危険もあった。

「パインフェルトとはこっちの気が向いたときに話をすればいいさ」

「その話をするのはだれなんだ」

「わたしだよ、もちろん」

「どんな話をするか決めたのか」

「もちろん、決めたさ」

「それじゃわたしがついていってもしようがないね」

「いや、きみには証人になってもらわなければならないことが起きるかも知れない」

「それじゃ行こうじゃないか、さっそく」

「わたしの気が向いたときにだよ、フォスカー。その前に行く必要はない」

「しかしどうして待つんだ」

「威かしだよ。わたしたちが学校にいたころ、鞭でわたしたちを打つときにはいつも待たせたじゃないか。いっそうそれを期待するようにさ。パインフェルトも待つがいいんだ」

「今からもう震えあがっているよ」

「そう、もう少しで泣きだすところさ」

十時になるとピンフォールド氏は時計をだして見て、船の時計でそれを確認して立ちあがった。

「行ってしまった」「逃げだしたんだ」「臆病もの」などというのが燻《いぶ》した樫《かし》の羽目板から微《かす》かに聞こえてきた。ピンフォールド氏は無線電信がある端艇《たんてい》甲板に登り、「リッチポール・ピンフォールド、ゼンカイシタ、ギルバート」と用紙に書いて係りにわたした。

「この宛名でいいんでしょうか」と係りが聞いた。

「ええ、リッチポールという電報局は英国に一つしかないから」

彼は下の甲板に降りて散歩しているうちに、もうステッキの必要はないと思い、それを置きに船室にもどると、BBCの放送が響きわたっていた。「……ジミー・ランスはみなさんもよくご存じで、ジューン・カンバレーさんは新しい方です。ジミーはこれからまったく類例がないと思われるジミーの蒐集を公開してくれるのでして、この人は今までに受け取った手紙を全部取っておいたんです。そうでしたね、ジミー」

「税務署からのは取ってありませんがね」

「はは、はは」

「はは、はは」

聴衆は大笑いした。

「そう、だれもそういう手紙はありがたくありませんからね。はは、はは。しかし有名な人たちからもずいぶんきているんでしょう」

「それからつまらない人からもね」

「はは、はは」

「はは、はは」

「それではこれからジューンさんがその手紙の中から一通ずつ手当たりしだいに取って読んでくださいます。いいですか、ジューンさん。それでは、最初の手紙は――」

ピンフォールド氏はジューン・カンバレーを知っていて、この女には好意を持っていた。彼女はまったく堅気《かたぎ》の、利口でおかしな顔をした女だったのが、ジェイムス・ランスと親しくなることで芸術家たちの仲間入りをしたのだった。その声はいつもと違っていて、放送のぐあいはゴヌリルのとほとんどそっくりに聞こえた。

「ギルバート・ピンフォールドからのです」と彼女はいった。

「そしてこれは有名な人のほうですか、どうですか、ジミー」

「有名です」

「そうかしら」とジューンがいった。「わたしは恐ろしくつまらない人だと思うけれど」

「それじゃ、そのつまらない人がどんなことを書いているか聞きましょう」

「字がひどく下手で読めないいんです」

聴衆がまた大笑いした。

「それじゃ別なのをお願いしましょう」

「今度はだれからのですか」

「まあ、ひどい。またギルバート・ピンフォールドのなんですよ」

「はは、はは、はは」

ピンフォールド氏はこのくだらない娯楽番組に対して力いっぱい、戸を締めて船室を出た。彼はジェイムス・ランスがよく放送することを知っていた。ジェイムスは本来は詩人で芸術家で、それがいつの間にか大衆向きの仕事をするようになったのだったが、今度の趣向はジェイムスにしても少しひど過ぎた。そしてジューンに至ってはまったくどうかしていると思うほかなかった。

ピンフォールド氏は甲板を行ったり、きたりした。彼は愚連隊の問題が未解決のままになっているのに悩まされていて、これはなんとかしなければならなかった。しかし、スティヤフォース船長に対する疑いは晴れて、船室で聞こえることの多くがＢＢＣからの放送である以上、彼が前に聞いたのが放送劇の一部だったことは明らかであると思った。ジューンの声がゴヌリルのに似ているのもそのことを裏書きしているようだった。スティヤフォース船長が人殺しをするなどと考えるのはどうかしていて、これもドレーク先生の錠剤で頭がおかしくなっているからなのにちがいなかった。そして船長がそういうことをしなかったのならば、彼はピンフォールド氏に敵意を持っている人たちに対する有力な味方だった。

ピンフォールド氏はそう考えることで慰められて、ラウンジで声が聞こえてくる場所にまた行った。今度は父と子が話をしていた。

「フォスカーは駄目ですね」

「そう、前からそう思っていた」

「だから、これからはあいつを抜きにしてなんでもやろうと思うんです」

「それがいい。しかしおまえは終わりまでやりとおさなけりゃいけない。昨晩は成績があまりよくなかったじゃないか。もしあいつがそういうやつなら、少しこづきまわしてやるのにはわたしも賛成なんだから。とにかく、おまえはあいつをひどい目に会わせるといったんだから、何かしなけりゃね。そういっただけにしておくわけには行かないだろう。しかしそれにはやり方がある。相手はおまえが考えているよりもだいぶ、手強《てごわ》い人物なんだから」

「手強い。あの卑怯もののくだらない共産党の男色家が――」

「いや、おまえの気持ちはよく解るがね、わたしはおまえよりも少しは世間を知っているんだから。それでいうんだけれど、あのピンフォールドってやつは第一、どんなひどいことでも平気でやる質《たち》なんだから。どこにも紳士らしいところがない。あれはおまえを告訴することなんかなんとも思っていないんだから。それで、おまえがいっていることには証拠があるのか」

「だって、みんなが知っていることなんだもの」

「それはそうでも、証拠がなければ法廷に出たときになんにもならないんだよ。だから、ピンフォールドが告訴する気がしなくなるようなはっきりした証拠がなきゃならなくて、それが今のところはまだないわけだろう。もう一つ、あいつは大金持ちで、この船会社の株だって持っているにちがいない。ああいうやつはわたしたちと違って税金なんていうものを払わないんだよ。あれはほうぼうの国に金を隠していて、友だちがどこにでもいるんだ」

「友だち」

「いや、わたしたちがいう意味での友だちではなくてもだな、そのつまり、顔が利くんだよ、政治家とか、警察とかに対して。おまえはまだ世間を知らないから、今日のような時代にああいうやつにどれだけのことができるか解らないんだ。あれは女に好かれるし、男色家っていうのはみんなそうだ。マーガレットはあいつにもうはっきりまいっているし、おまえの母さんだってあいつが嫌いだとはいえない。わたしたちは気をつけてあいつに反対する勢力を盛りあげなけりゃならないんだ。わたしが心当たりに電報を打ってみることにしよう。ピンフォールドについて何かはっきりしたことをわたしたちに教えてくれることができるかも知れない人が何人かいるんだ。そういう事実がわたしたちには必要なんだよ。どうにもならない事実を手に入れなければならないんで、それまではじっとしているんだ」

「じゃ、ぶちのめしちゃいけないんですか」

「いけないっていうわけじゃなくて、あいつが一人でいるのを見つけたら、ぶちのめしてやったっていいさ。わたしがおまえの年だったらただじゃおかなかっただろうが、もう年を取っていて世間のことも知っているし、それで今のところは蔭で工作して時機を待てというんだ。あと一日か二日すれば、あの名士をびっくりさせるような材料が手にはいるかも解らない……」

正午のサイレンが鳴ってピンフォールド氏はバーに行ってカクテルを注文した。船が前日から進んだ距離についての発表に伴ういつもの陽気な騒ぎがあって、ピンフォールド氏が海図に刺してある小旗を見ると、船はすでにセント・ヴィンセント岬をまわり、ジブラルタルまでもうすぐの所まできていた。その晩は海峡を通って、地中海に入っているはずだった。彼が昼の食事をしに食堂に降りて行ったときには彼の気分もだいぶ明るいものになっていた。すでに愚連隊どもは仲間割れしていて、その感情もそれまでよりは穏やかなものになってきていた。地中海はいつもピンフォールド氏を温かく迎えてくれて、地中海に入れば、いやなことはすべて消えてなくなると彼は思った。

食堂ではそれまで一人で食事をしていた色が黒い男がコックソン夫人とベンソン夫人のテーブルにきていて、それもピンフォールド氏には何か吉兆のように思われた。

5　国際問題

昼の食事の後で船室で寝ていて、二人の退役陸軍少将が話をしているのを聞いてピンフォールド氏は、彼が病気になっているあいだに一つの国際問題が起こりつつあったことを初めて知った。彼が発つ前によく注意もしないで読んだ新聞にそんなことは何も書いてなくて、あるいはもしあったのなら、彼は頭が混乱していてその意味がつかめなかったのだった。ところが、ジブラルタルの帰属が問題になっていたので、その何日か前にスペイン政府がいきなりジブラルタルの返還を要求し、すでにその領海と称するものを通る船を止めて臨検するというたぶんにその合法性が疑える処置を取っていて、昼の食事のあいだに「キャリバン」号も停船を命じられ、スペイン政府の役人が現に船にきているのだった。彼らは船がその船客と積み荷の検査を受けにアルヘシラスに回航することを求めていた。

二人の少将はフランコ将軍のやり方を憤慨して、彼のことを「案山子《かかし》の独裁者」だとか、「安もののヒットラー」だとか、「不良外人」だとか、「坊主に操られた木偶《でく》の坊」だとか呼んでいた。

それから、そういうやつにへいこらする英国政府も二人は容赦しなかった。

「まったくの海上封鎖じゃないか、これは。もしわたしが船長だったら何を馬鹿なっていう態度で船を進めて行って、撃てるものなら撃ってみろっていってやるがね」

「そうなれば開戦だね」

「いいじゃないか。まだスペイン人を負かすことができないところまでわれわれも落ちちゃいないだろう」

「みんな、あの国連が悪いんだよ」

「それからアメリカ人だ」

「とにかく、今度のことだけはロシア人のせいにするわけに行かないね」

「しかしこれで北大西洋条約機構はもうおしまいだよ」

「おしまいになったほうがいいさ」

「船長は、英国からの命令に従わなければならないんだろうな」

「いや、それで困っているんだよ。その命令が届かないんだ」

これでスティヤフォース船長に対するピンフォールド氏の疑念は完全に晴れた。これはただの実直な船乗りなのに、それが自分が指揮している船の安全のみならず、世界の平和のために重大な決断をすることを迫られているのだった。その長い午後中、ピンフォールド氏は船の無線係が船会社や、英国の外務省や、ジブラルタル総督や、英国の地中海艦隊となんとかして連絡を取ろうと躍起《やっき》になっているのを聞いていた。すべてが無駄に終わり、スティヤフォース船長はただ一人で国際正義と英国の威信を双肩にになわされているのだった。ピンフォールド氏はスティヤフォース船長と同様に善人で、自分の能力をはるかに越えた重要な任務を課された歴史上の人物を何人か思い浮かべた。彼は船橋まで行って船長のわきに立ち、勇気をだしてスペインの軍艦など歯牙《しが》にかけずに、古代のすべての英雄たちが栄光に向かって船を進めて行った広々とした地中海に入って行くように激励したかった。

共同の敵が現われたとき、派閥はなくなるもので、ピンフォールド氏は愚連隊どもの彼に対する敵意を忘れた。「キャリバン」号に乗っているものは今はすべて外国の侵略を防ぐために立ちあがった戦友なのだった。

スペイン側の役人たちは一応はていねいで、それが船長室で話をしているのが聞こえてきた。その役人たちは流暢《りゆうちよう》な英語で、自分たちにとってこういうことをしなければならないのは非常な苦痛であるが、これは政治に関することで、おそらくはいずれ会議が開かれて問題は円満に解決されることと思うといった。しかしそれまでは自分たちも命令に従って行動するほかないという前置きで、役人たちは何かたいへんな補償金の額を示し、もしそれがロンドンから送られてくるならば「キャリバン」号はすぐにも航海の自由を与えられるといった。しかしそれには期限があって、もしその日の真夜中までにその手筈が整わなければ、船はアルヘシラスに連行されるということだった。

「海賊行為だ」とスティヤフォース船長がいった。「われわれを脅迫しているんじゃないか」

「スペイン国の元首がすることについてそういう口を利くことは許しません」

「それなら船橋から降りてもらおう」と船長がいった。それで役人たちはそこを引き揚げたが、話はつかないままで、役人たちは船に残り、船は動きだす気配がなかった。

日が暮れ始めたころにピンフォールド氏は甲板に出た。どこにも陸地も、役人たちを運んできたはずの船も見えなくて、その船の水平線の向こうに止まっているものと思われた。ピンフォールド氏は手摺に寄りかかって海を見おろした。ちょうど、船のまうしろに太陽が海に沈みかけていて、もし彼がほんとうのことを知っていなかったならば、海流があまりに早いので船がそれまでどおりに進んでいるのだと思うところだった。その昔、インド洋の水がスエズ運河から大西洋に流れ込むのだと教わったことがあったのが彼の頭に浮かんだ。彼はコンスタンチノープルやトロヤを過ぎて奔流する黒海の冷たい水や、ナイル河や、ユーフラテス河や、ダニューブ河や、ローヌ河などの歴史に出てくる大河そのほか、地中海に水を送る無数の源のことを思った。今、船首に当たって砕けて後方に長く尾を引いて行くのはそういう所からの水の流れだった。

船客たちはだれも船に迫っている危険を知らないようで、昼寝をしてまた元気になってそれまでと同様に椅子に腰かけて本を読んだり、話をしたり、編みものをしたりしていた。向こうの競技用の甲板にも朝と同じ何人かのものが集まっていた。ピンフォールド氏はグローヴァーに出会って、「スペインの連中が船に乗ってくるのを見ましたか」と聞いてみた。

「スペインの連中ですか。それが船に乗ってきたんですか。そんなことはないでしょう。いつです」

「いや、厄介な連中ですよ」

「失礼ですけれど」とグローヴァーはいった。「わたしはまだ何もそんなことは聞いていないんです」

「そのうちにお聞きになりますよ」とピンフォールド氏はいった。

グローヴァーはピンフォールド氏と話をしているときによくやるようになった当惑した顔つきでピンフォールド氏のほうを見た。

「わたしが知っているかぎりではスペイン人はこの船に乗っていませんがね」

ピンフォールド氏としては、ほかの船客に不安を感じさせたり、自分の所にどんな形でいろいろな情報がはいってくるかをいったりしてはならなかった。船長は明らかに今度のことをなるべく長いあいだ隠しておきたいのだった。

「いや、わたしの思い違いかも知れません」と彼は船長に義理を立てていった。

「ビルマ人と、それからわたしたちのテーブルにあのノールウェー人の夫婦がいるでしょう。外国人といえばそれだけだと思うんです」

「そう、いや、わたしの思い違いですよ」

グローヴァーは船首のほうに行ってクラブを振り始めた。彼はスペイン人のことなどまったく頭になくて、一心にクラブを振った。

ピンフォールド氏はラウンジの隅の、音が聞こえてくる所に行ったが、無線係が電鍵をしきりに叩いているのしか聞こえなかった。その一人が、「なんの返事もない。こっちで打つのが聞こえないんじゃないかな」といった。

「あの新しい装置だよ」と別な一人がいった。「無線の電波を届かなくさせる方法が発明されたって聞いてはいたけれど、それが実際に使われているとは知らなかった。今度の戦争には間に合わなくてね、敵も味方もその研究はしていたんだが、一九四五年にはまだ実験の段階だったんだ」

「電波の妨害よりもそのほうがいいわけだよね」

「ぜんぜん違ったやり方なんだ。今のところはまだ短距離でしか使えないようだけれど、そのうちに一国全体を孤立させることができるところまで行くよ」

「そうしたらわれわれの仕事がなくなっちまうわけだ」

「いや、だれかがまたそれを防ぐ方法を考えるよ。いつだってそうじゃないか」

「とにかく、いまわれわれにできるのは、打電をつづけることだけだ」

電鍵を打つ音がそれにつづいた。ピンフォールド氏はバーに行って苦酒入りのジンを注文した。そこへ英国人の給仕が盆を持って甲板から入ってきて、バーの給仕に、

「あのスペインの野郎どもがウィスキーが欲しいというんだ」といった。

「やらない」とバーの給仕がいった。

「船長の命令だよ」と初めの給仕がいった。

「船長はどうしたんだ。いつもの船長らしくないじゃないか」

「何か考えがあるらしいんだよ。あの船長だ。だから、ウィスキーを四杯。それに毒を入れられるといいんだが」

ピンフォールド氏は飲み終わって、音が聞こえる所にもどった。彼は船長にどういう考えがあるのか知っておきたくて、椅子に腰をおろして羽目板に対して耳を澄ますと同時に船長の声が聞こえてきた。船長室で高級船員たちに話をしているのだった。

「……国際法とか、慣例とかは別として、この船が捜査されるようなことがあっちゃならない理由があるんだ」と彼はいっていた。「この船に一人、余分の人間が乗っていることはきみたちも知っている。これは船客じゃないし、乗組員でもない。名簿に名前は載っていないし、切符も、

その他の書類も持っていない。わたしでさえなんという名前なのか知らないんだが、きみたちもその男が食堂で一人で食事をしているのを見たことがあるだろうと思う。わたしが知っているのは、これがわが政府にとって非常に重要な人物で、何か特別な任務を帯びているということだけなんだ。だから、監視されている普通の道筋を避けてこの船で行くことになったんで、スペインの連中の目当てはもちろん、この人物なんだ。領海だとか、捜索権だとかいうのはその口実に過ぎないんだよ。それで、どうしてもこの人物を隠しおおせなきゃならない」

「それをどうやってやるんですか、船長」

「まだ解らない。しかし今考えていることがあるんだ。それには船客にある程度まで事情を打ち明けなければならないと思うんだが、もちろん、それも全部にそうする必要はないんだが、その中で重立った五、六人にある程度までのことは話そうと思うんだ。今晩、その人たちに食事の後でここにきてくれるようになんということはなしにいうことにする。その人たちの助けであるいはうまく行くかも知れない」

二人の退役陸軍少将は早めにその通知を受けて、そのなんということはない形式に瞞《だま》されはしなかった。ピンフォールド氏が船室で晩の食事のために着換えていると、二人がその相談をしているのが聞こえてきた。

「いよいよやるつもりらしいな」

「われわれもそのつもりでいなきゃ」

「あのビルマ人たちは信用できるだろうか」

「そのことも今晩の集まりでいう必要がある」

「わたしは信用しないね。腰抜けどもだ」

「あのノールウェー人たちは」

「あれはいいだろうが、これは英国人同士の問題だから」

「そう、だからわれわれだけで片づけたほうがいい」

ピンフォールド氏は自分が呼ばれないかも知れないということは頭に浮かばなかった。しかし船のほうぼうで船長の招待がそっと伝えられるのが聞こえてくるにもかかわらず、彼の所にはどこからもなんともいってこなかった。……「船長からですが、晩のお食事の後で船長室にお寄りいただければということで……」

晩の食事になって、スティヤフォース船長は心配なことがあるようすなど少しも見せなかった。何も知らないスカーフィールド夫人が、「海峡を通るのはいつごろなんですか」と聞いたときも、彼はおちついた声で、「明日の朝早くです」と答えた。

「そうしたら、もっと温かくなるんでしょうね」

「この季節じゃまだ駄目ですね」と彼は前と同じ調子で答えた。「白服を着るには紅海に入るまで待たなければなりません」

ピンフォールド氏はこの船長とつき合った短い期間におよそ違ったいろいろな感情をこの男に対して抱いたが、晩の食事の後でスカーフィールド夫人が、「いっしょにブリッジをなさいますね」といって、船長が、「今晩はあいにくなんです。少し仕事があるもんで」と答えたときには、ピンフォールド氏は文句なしに船長を立派だと思った。しかし彼がわざと後まで残って船長といっしょに食堂を出るようにし、その晩の集まりについて船長が彼に何かいうのを待っても、船長は彼と階段の上の所で別れるまで何もいわなかった。ピンフォールド氏は少なからず当てがはずれてまごつき、とにかく、船室にもどることに決めた。それはだれかが彼を探しにきたときのためだった。

しかし彼が船長室に行く必要はないことはすぐに明らかになった。そこにはみんながもう集まっていて、スティヤフォース船長はピンフォールド氏がすでに知っていることをみんなにまず説明した。彼は特務機関の男については何もいわなくて、ただ会社側から法外な補償金の支払いを先方に約束することの許可が得られなかったといった。その場合、スペイン側は問題がスペインと英国の政府間で解決するまで彼が船をアルヘシラスにまわすことを要求しているのだったが、そういうことをするのは英国の船乗りの伝統にことごとく反するものだった。「キャリバン」号は国旗を降ろしてはならなかった。そこのところで男の抑えつけられた、嗄《しやが》れ声でやる感情的な喝采《かっさい》が起こった。船長が次にその晩の作戦を説明して、真夜中にスペインの船が「キャリバン」号に横づけにされ、役人たちが結果を報告しに自分たちの船にもどって行くとき、スペイン側の考えでは船長と何人かの人質をいっしょに連行してその代わりにスペインの責任者を船に残し、その指揮で船をアルヘシラスに向かわせるつもりなのだった。それでこっち側が反撃に出るのは暗闇の舷門の所でで、そこでスペイン人たちにかかって行ってその船に追い返し――「それで何人かが海の中に落ちればもっけの幸いで」――「キャリバン」号はさっそく、全速力で前進を開始するのだった。「あちらさんが発砲するということはまず考えられません。それに、かりにしたとしても、その砲術というのがたいしたものではないんで、その危険はとにかく、冒さなければならないと思います。それでみなさん、いかがでしょうか」

「賛成。賛成。賛成」

「そういってくださると思っていたのです」と船長がいった。「あなたたちはみんな、従軍した経験がおありになる方たちで、わたしはあなたたちのような方々を指揮することができるのを光栄に思います。腰抜けどもは船室に監禁することにします」

「ピンフォールドはどうなんです」と退役陸軍少将の一人が聞いた。「あれも呼んだほうがいいんじゃないんですか」

「ピンフォールド大尉にはほかにやっていただきたいことがあるんで、そのことを今いう必要はないかと思います」

「その命令はもう与えられているんですか」

「いいえ、まだです」とスティヤフォース船長がいった。「いかがでしょうか。まだ時間がありますから、みなさんはこれからいつものとおりのことをなさって、そして早めに一寝入りなさって十一時四十五分にまたここに集まってくださいませんか。少将、あなたにはもうしばらくここに残っていていただきたい。それでは、みなさん」

ほかの人たちは帰って行って、船長室にいるのは船長と少将、一等航海士、および二等航海士だけになった。

「どうだろう、あれで」とスティヤフォース船長がいった。

「だれもあれじゃ納得しなかったと思いますね、船長」と一等航海士がいった。

「つまり、今おっしゃったのは一種の煙幕だったというんですな」と少将がいった。

「そうなんです。あなたのような古兵者《ふるつわもの》まで瞞せるとは思っていませんでした。ほかの方々にほんとうのことをお打ち明けすることができなかったのは残念ですが、秘密を守るためにはそれを知っているものをなるべく少なくするほかなかったんです。今ここから出て行った方々の役目はわれわれがこの作戦でのほんとうの目的を達するのに必要な牽制《けんせい》運動をやっていただくことで、それはもちろん、ある人物が敵の手に落ちるのを防ぐことなんです」

「それがピンフォールドなんですか」

「いいえ、その反対です。ピンフォールド大尉にそのために犠牲になっていただくんです。あのスペインの連中はその人物を手に入れるのが目的でこの船を止めたんです。その替え玉をだれにするかを決めるのはわたしにとって辛いことでした。わたしは船客全部の安全に対して責任がありますが、こういう際には犠牲者をだすことも覚悟しなければなりません。われわれの作戦はこうなんで、ピンフォールド大尉が証拠になる書類を持ってその人物になりすますんです。それでスペインの連中は大尉を連行して、船はもとどおり航海をつづけることができるわけです」

この計画の可否を考えているあいだ、みんな黙っていたが、やがて一等航海士が、「あるいはうまく行くかも知れませんね」といった。

「うまく行かなきゃ困るんだ」

「それでピンフォールドさんはどうなると思います」

「解らないね、それは。おそらく、いろいろと調べて、もちろん、大使館と連絡を取ることは許さないだろう。そしてもし自分たちが瞞されたことが解ったら、それも解ると決まっているわけじゃないが、そうしたら困るだろうな。あるいは釈放するかも知れないし、それよりも消してしまったほうがいいと考えるかも知れない」

「なるほど」

ピンフォールド氏がそれまで不思議に思っていたことを少将が代わって聞いてくれた。「なぜピンフォールドにしたんです」と彼がいった。

「それを決めるのは楽じゃなかったんですが、あの方ならばということがあるんです」とステイヤフォース船長がいった。「ほかのものならばすぐに贋ものであることがスペイン人たちに解ります。あれは特務機関の人間のように見えますし、戦争中はほんとうに特務機関にいたんじゃないかと思います。あれは病人で、それだけ惜しくありません。そしてもちろん、カトリックですから、スペイン側が少しは親切にするかも知れないんです」

「なるほど」と少将がいった。「なるほど。しかしそれを承知したのはピンフォールドもなかなか立派だと思いますね。わたしだったら考え込まずにはいられない」

「いや、あの人はまだ何も知らないんですよ」

「何も知らない」

「ええ、そんなことで秘密が洩れたら大変ですから。それに、承知しないかも知れませんし。あの人には妻と大勢の子供があって、危険な任務を引き受ける前に家族のことを考えるのは卑《ひ》怯《きょう》とはいえないいんですからね。それでピンフォールド大尉には最後の瞬間まで何も知らせちゃならないんです。そして舷門で一騒ぎやって、そのあいだにピンフォールド大尉をスペインの海防艦に押し込むんです。一等航海士、きみがあの人を船室から引っ張りだして、そのときに書類も知らないうちに持たせてくれたまえ」

「承知しました」

「わたしの息子が喜ぶだろうな」と少将がいった。「あいつは初めからピンフォールドが嫌いで、それが敵に寝返りを打ったと聞いたら……」

声がやんだ。ピンフォールド氏は長いあいだ、嫌悪と憤激に引き裂かれて、そこに腰をおろしたままでいた。彼がしばらくして時計を見ると、もう九時半になっていた。その晩、どんなにひどいことが彼に対して企てられようとも、おかしな格好をしていたくはなくて、彼はトウィードの服に着換え、旅券や旅行用小切手をポケットに入れた。それから太いほうのステッキを取ってまた腰をおろし、陸軍で教えられたとおりのやり方で状況を検討し始めた。彼は一人で、援軍がくる望みはなかった。彼にとってただ一つの有利なことは、彼が相手の作戦を知っていて、そのことを相手のほうは知らずにいることだった。彼は戦争中に小規模の夜間戦闘では相当な経験を積んだのに照らして船長の作戦と称するものを吟味してみて、それが話にならないものであると判断した。もし舷門の所で暗闇の中で乱闘が起これば、その結果がどうなるかは解らなかったが、その予告を受けている彼がスペインの海防艦に無理矢理に押し込まれたりするものではないことについて充分に自信があった。かりに相手がそれに成功して「キャリバン」号が前進を開始したとしても、そのときは海防艦が発砲し、スペイン人たちが彼の贋ものの書類を調べたりするずっと前に船を沈めるか、動けなくしてしまうはずだった。

そしてそこまで考えて、ピンフォールド氏は少し心配になった。彼は一般に博愛主義者と呼ばれている質《たち》の人間ではなくて、今日ではよく聞く社会的な良心というものもまったく欠いていた。しかし家族のものや友だちに対する愛情は別として、彼に向かって積極的に悪意を示さないものに対してはある種の本能的な親切心があり、また彼には古風な愛国心もあった。そしてそういう感情が普通にもっと高級な道義心と考えられているものの代わりをすることがあって、そのときもそうだった。彼はスカーフィールド夫人や、コックソン夫人や、ベンソン夫人や、グローヴァーそのほか、おしゃべりをしたり、編みものをしたり、居眠りしたりして時を過ごす善良な船客たちにある程度の好意を持ち、まだ見たことがない謎の女のマーガレットに対しては愛情に似た好奇心を抱いていた。そしてこういう人たちがスティヤフォース船長の無能ぶりで海底の藻屑《もくず》と消えるのはどうも感心できないことだった。彼自身のことは別に気にかけてもいなかったが、ここで行方不明になり、場合によっては汚名を被《こうむ》ることになれば彼の妻や子供たちが悲しむことは解っていた。このしようがない船長のやり方が拙《まず》いためにそれほど多くの人間の生涯が台なしになるというのはやり切れないことだった。しかし同時に、その特務機関の人間というのを庇《かば》う問題があって、もしその男が、おそらくは実際にそうであるとおり、英国にとって重要な任務を帯びているのならば、その人物は庇わなければならなかった。ピンフォールド氏は自分にその責任があるのを感じた。彼がそのために選ばれて、これは免れることができなかった。しかし彼は英雄になって犠牲の場に導かれて行くつもりで、瞞されてそこまで連れて行かれる気はなかった。そのためにはっきりした作戦計画を立てるわけには行かなかった。いよいよのときに臨機応変の処置を取るほかなかったが、その目的は確定していた、彼は必要があれば特務機関の男の替え玉になることを承知しても、それは自発的にで、そしてピンフォールド夫人に一切が説明されるという条件でだった。そのことが確認されれば、彼のほうでも自分がスペイン側に引きわたされるのに異議はなかった。

そういうことを考えているあいだ、彼は天井から声が聞こえてくるのにほとんど気を留めずにいて、彼はただ時間になるのを待っていた。

十二時十五分前になって船橋から何かを呼ぶ声がして、それが海のほうからスペイン語で答えられた。海防艦が近づいてくるので、そのとたんに船のほうぼうから声が聞こえ始めた。ピンフォールド氏は、行動を起こすのは今だと思った。スペイン人たちが船に乗り込んでくる前に船長に会って条件を提示しなければならなくて、彼は太いほうのステッキを持って船室を出た。

それと同時に、何も聞こえなくなった。船室の外の明るく電気がついている廊下にはだれもいなくて、ひっそりしていた。彼は階段を登って中甲板に出た。そこにもだれもいなくて、船などどこにも見えず、水平線は暗闇に包まれていた。船橋からも音一つ聞こえなくて、舷側に水が当たって流れ去り、冷たい潮風が吹いているだけで、この平和な世界にピンフォールド氏が一人だけ不安の塊《かたまり》になって呆然《ぼうぜん》と立っていた。

そのわずか前までは、彼は少しも臆《おく》せず敵に向かっていた。それが今はほんとうの恐怖に見舞われて、これはそれまでに彼が危険にさらされたときに一度か二度抱いたことがある単純な懸念とは違い、本でよく読んだことがあって誇張に過ぎないと思っていた正真正銘のものだった。ある本能的な恐怖が彼に外から襲いかかってきて、気が違うのはいやだ、それだけはいやだと彼は心のうちで叫んだ。

そしてその苦悶《くもん》の瞬間に、どこか彼のすぐそばの暗闇からけたたましい笑い声が起こって、それはゴヌリルのだった。少しも優しく聞こえるものではなくて、それはおかしさというものが感じられない純粋に憎悪だけの音だったが、ピンフォールド氏の耳にはそれが子守り歌のように聞こえた。

「いたずらだったのだ」と彼は思った。

愚連隊どものいたずらだったので、それで一切が判明した。何かの拍子に、愚連隊どもは彼の船室の電線が妙なぐあいになっていることを発見し、それを操作する方法を工夫して、彼をからかうために一芝居打ったのだった。それは憎むべきことであって、二度とあってはならなかった。しかしそれが解ったことはピンフォールド氏にとってただありがたかった。彼は人に好かれない滑稽な人物ではあるかも知れなかったが、気が違っているのではなかった。

彼は船室にもどった。彼はこれで三十時間か四十時間、寝ないでいたわけで、服を着たまま寝台に横になり、すぐに深い眠りに落ちて行った。彼は身動きもしないで六時間眠った。

次に甲板に出たときにはもう太陽が船首の真向こうの空に昇っていて、左舷には紛《まぎ》れもないジブラルタルの岩が見えた。船は静かに地中海に入ってきているのだった。

6 人間味

ピンフォールド氏が髭を剃っていると、マーガレットが、「あんなひどいいたずらってないじゃないの。ちっとも利き目がなくてほんとうによかった」といっているのが聞こえてきた。

「いや、大ありだよ」とその兄がいった。「あのパインフェルトのやつを震えあがらせてやったんだ」

「そんなことあるもんですか。それに、あの方のお名前はパインフェルトなんていうんじゃないんだから。あれは英雄のようだったじゃないの。あの方が一人で甲板に立っていらしたときにはわたしはネルソンのことを思った」

「いや、酔っ払っていたんだよ」

「あの方は酒じゃないといっていらっしゃるんですよ」と二人の母親がどっちにも加勢せずに両方を宥《なだ》めていった。「あの方は何かそういう薬を飲まなきゃならないんだっていっていらっしゃるんだけれど」

「ブランデーの壜から出てくる薬でしょう」

「違ってよ」とマーガレットがいった。「わたしにはあの方が何を考えていらっしゃるか解っていて、あなたには解らない。ただそれだけのことなの」

そうすると今度はゴヌリルの冷たい声が聞こえてきた。

「あれがなんのために甲板に出ていたかわたしには解っているんですからね。飛び込もうとしていたんですよ、その勇気もないくせに。あれは自殺したくてしかたがないの。そうでしょう、ギルバート。そこにいて聞こえることは解っているんですからね。聞こえるんでしょう、ギルバート。死んじまえるといいと思っているんでしょう、ギルバート。それはそのとおりよ。なぜやらないの、ギルバート。なぜ。なんでもないじゃないの。そうすればわたしたちも、――あなただってよ、ギルバート、――大助かりなんだし」

「ひどい人」とマーガレットがいって泣きだした。

「助けてくれ」と兄がいった。「また泣くのか」

ピンフォールド氏は六時間眠ってすっかり元気になっていた。彼は意地悪な声が絶えない船室を出て一時間ばかり、だれもいない静かな甲板を歩きまわった。もうジブラルタルの岩は水平線の向こうに沈んで、どこにも陸地は見えなかった。今、船が進んでいる海はどこのであってもかまわないようだったが、彼はそれが地中海で、世界の歴史と、彼自身の生涯で仕事や休息や戦闘、また、美を求めての冒険や若いころの恋愛などの、彼がもっとも幸福だったときの思い出の半分はそこに繋がる壮麗な海であることを知っていた。

朝の食事の後で彼は本を持ってラウンジに行き、音が聞こえてくる羽目板の下ではなくてラウンジの真ん中の椅子に腰をおろしてゆっくり本を読んだ。あのうるさい船室から出なければならないと彼は思った。しかし今すぐにではなくて、適当な時期にだった。

彼はそのうちに立ちあがって、また甲板を歩き始めた。もうそこは人でいっぱいで、船客の全部がそこでいつものとおり本を読んだり、編みものをしたり、居眠りをしたり、あるいは彼と同様に歩きまわったりしているようだったが、その朝は何かその光景に今までになかった活気が感じられて、その理由が解るまでは彼もそれを素直に喜んでいた。

船客もそれを感じているようすなのだった。みんなその何日かの間にピンフォールド氏を一度か二度は見たことがあるはずなのだったが、今日は彼は南アメリカのどこかの沈滞した町で晩、連れの男なしで散歩に出てきた女のようなのだった。彼はそういう町の埃《ほこり》っぽい広場で何度もそれが起こるのを見てきていた。それで元気がない男たちの顔が急に明るくなり、退屈し切っているようすだったのが急に活気を帯びて迫力を欠いた伊達《だて》男ぶりを発揮し始めるのも、口笛が吹かれるのも、よく意味が解らないながらも女のからだつきが細かに評価されるのも、その不注意な旅行者の後をつけるものがあったり、そっと抓《つね》るものがあったりするのも、すべてそうした出来事の一部をなしていた。そしてその日、ピンフォールド氏は船のどこに行ってもそれとちょうど同じぐあいに人の目を惹き、だれもが彼のことを平気で大きな声でいっていて、それが彼を褒《ほ》めてではなかった。

「あれが文士のギルバート・ピンフォールドよ」

「あの、あれが。そんなこと」

「あの人の本を読んだことがおありになって。とても妙な冗談が出てくるの」

「あの人だって妙じゃありませんか、髪をあんなに長くしていて」

「口紅をつけてね」

「顔を塗りたくっているじゃありませんか」

「でも、あんなひどい格好をして。文士っていうのはいつも粋《いき》ななりをしているものだと思っていたのに」

「同性愛の男には二種類あるんですからね、着飾るのと、そうでないのと。わたしはそういうことを書いた本を読んだことがあるんです。ピンフォールドはそうでないほうなんですよ」

それが最初にピンフォールド氏の耳にはいったことだった。彼は立ち止まって、何人かの中年の女が集まって彼のことをそんなふうにいっているほうに向き直り、睨《にら》みつけた。そうすると、その一人が彼のほうに笑顔を向けて、また仲間たちを振り返り、「わたしたちと口がききたいのよ」といった。

「まあ、いやらしい」

ピンフォールド氏は歩くのをつづけたが、どこへ行っても話題は彼のことだった。

「……リッチポール荘の主」

「だれだってそんなものにはなれるし。このごろはそういう肩書きがどこかのがたがたの百姓家といっしょに売り買いされるんだ」

「ところが、ピンフォールドは恐ろしく贅沢な暮らしをしているんだよ、制服を着た給仕だとかなんだとか」

「その給仕と何をするか解っている」

「いや、もう駄目なんだ。何年も前から不能でね。それで死ぬことばかり考えているんだよ」

「そうなのか」

「そうさ。そのうちに自殺するから、見ていたまえ」

「しかしあいつはカトリックじゃなかったかな。カトリックは自殺しちゃならないんだろう」

「ピンフォールドは平気さ。あれは宗教なんかどうだっていいんだからね。ただ、信者の振りをしているほうが貴族的だと思っているだけさ。リッチポール荘の主であるのと同じことなんだ」

「世界にリッチポールは一つしかないって無線係にいったそうだ」

「リッチポールは一つしかなくて、その主がピンフォールドか……」


「また酔っ払っている」

「ひどい顔をしている」

「もう長くはないな」

「なぜ、自殺しないいんだろう」

「いずれするさ。自分でも一生懸命にやっているよ、酒と麻酔薬でね。もちろん、精神病院に入れられるのが恐くて医者には見てもらっていないんだ」

「そういう所に入るほかないはずだがね」

「いっそ飛び込みゃもっといいさ」

「しかしそうするとスティヤフォース船長が迷惑する」

「今だって迷惑しているよ、あいつが乗っているもんだから」

「それも、船長のテーブルで食事しているんだからね」

「いや、そのほうはもう手が打ってあるんだ。きみはまだ何も聞いてないのか。これから陳情書を船長にだすんだ」

「……ええ、わたしは署名した。みんなするだろうと思う」

「船長のテーブルで食事しているもののほかはね。スカーフィールド夫婦やグローヴァーはしなかったよ」

「そう、それは署名しがたいだろうな」

「非常によくできた陳情書だよ」

「そう、あの少将が書いたんだ。つまり、名誉毀損になるようなはっきりしたことは何も書いてないんだ。ただ、『わたしたち、下に署名するものは、内密にならばお話しすることができる理由からギルバート・ピンフォォールド氏が船長のテーブルで食事するのをわたしたち、「キャリバン」号の船客に対する侮辱であると考えます。これは名誉の席で、その名誉に価しないことはあまりにも明らかです』というだけなんだ。うまいよ」

「……船長はあの男を監禁すべきだよ。その権限があるんだから」

「しかし今までのところはこの船で何かやったっていうわけじゃないんだからね」

これはピンフォォールド氏がある晩、スカーフィィールド夫婦といっしょに話をしたことがある二人の気さくな実業家だった。

「いや、あの男自身のためにもさ。このあいだの晩なんか、もう少しであの若い連中にぶちのめされるところだったんだから」

「あの連中は酔っ払っていたんだよ」

「しかしまた酔っ払うかも知れないじゃないか。もし何かそんなことが起こって警察沙汰にでもなったらみんなが迷惑するからね」

「陳情書にそのことを入れたらどうだろう」

「そういう話も出たんだが、あの二人の少将の意見で、それは船長と話をするときに持ちだしたほうがいいっていうことになったんだ。船長がまず事情を聞こうっていうに決まっているんだからね」

「つまり、文書の形にしないっていうことだな」

「そうなんだ。みんなはあの男を監禁するっていうんじゃなくて、船室から出られなくすることを提案する考えなんだ」

「船賃は払ったんだから、船室にいるのと三度の食事をする権利はあるはずだからね」

「しかし船長のテーブルで食事をする権利はないだろう」

「それなんだよ」

「いいえ、わたしは署名しませんでした」とノールウェー人の男がいっていた。「これは英国人の方々の問題ですからね。わたしはあの男がファシストであることを知っているだけです。あれは民主主義の悪口をいっていました。わたしたちの国にもクイスリングの時代にはああいうのがいましたよ。わたしたちはそういう人間をどうすればいいか知っています。しかしこれはわたしたちとは関係がないことですから」

「わたしは戦争の前にアルバート・ホールでよくあったファシストの集会であれが黒シャツを着ている写真を持っているんです」

「それは役に立つかも知れませんね」

「あれは本もののファシストだったんですよ。それでつかまるところだったのが、陸軍に入ることでやっと助かったんです」

「陸軍で碌《ろく》なことはなかったんでしょう」

「ないですとも。カイロであれがいた旅団の副官が自殺するような事件を起こして、その揉《も》み消しが大変だったんです」

「脅迫ですか」

「醜聞ですよ」

「近衛旅団のネクタイを締めていますね」

「あの男はどんなネクタイでも平気で締めるんですよ。たいがいはイートンのですがね」

「イートンに行ったんですか」

「そういっていますがね」とグローヴァーがいった。

「行ったことがあるもんですか。官立の学校ばっかりですよ」

「オックスフォードは」

「もちろんそんな。あれが自分の経歴についていっていることはみんな嘘なんですよ。今から一年か二年前まではだれもあの男の名前なんか聞いたことがなくて、あれは戦争で急に偉くなった連中の一人なんです……」


「……あれが正式の共産党員だとはいいませんがね、そういうのとつき合っていることは確かです」

「たいがいのユダヤ人はそうです」

「そう。それからあの行くえ不明になった外交官ね。あれはあの二人の友だちだったんですよ」

「あの二人ほどはいろんなことを知っていないんで、それでモスクワに連れて行かれなかったんでしょう」

「ロシア人もピンフォールドには用がないっていうわけですね」

その朝、ピンフォールド氏が聞いたのでいちばん不思議なのは、コックソン夫人とベンソン夫人がいっていたことだった。この二人はいつものように甲板のバーの所に銘々グラスを持って椅子に腰かけていて、フランス語があまり得意でないピンフォールド氏には純粋のフランス語と思われるもので話をしていた。コックソン夫人がそのフランス語で、「あのピンフォールドさんはいつもわたしの所にこようとしていましてね、わたしの友だちにわたしを紹介させようとしたことも何度もあるんです。もちろん、わたしは断わりましたけれどもね」といった。「あの人の友だちを一人でもご存じですか。わたしにはごく普通の人たちとしかつき合っていないように見えますけれど」

「初めのうちはだれでも思い違いをするということがありますからね。それでもパリではもうあれがわたしたちとは違った社会の人間であることが解って……」

これは計画的に行なわれていることなのだとピンフォールド氏は思った。そうでなくて人間が普通、こんなふうに振舞うわけがなかった。

ピンフォールド氏がベラミー・クラブに入りたてのころ、一人の年取った伯爵が妙な格好をした固い帽子をかぶって一日中、それも毎日、階段の曲がりの所の椅子に腰かけて一人言《ごと》を言いつづけていた。その材料は前を通り過ぎて行く会員たちで、時にはこの男は居眠りをすることもあったが、目を覚ましている限り、何かそういう会員たちについていわずにはいなかった。――「あの男の顎は大き過ぎる。ひどい顔をしたやつだ。前に見たことがないが、だれの紹介で入ったんだろう。……もっと足をあげて歩け。絨毯《じゆうたん》が擦り切れるじゃないか。……若いクランボのやつはひどく太ってきた。食べもしないし、飲みもしなくて、あれは金に困っているからなんだ。金に困ると人間は太るものなんだ。……ネールスワースもかわいそうに、あいつの母親は浮気女で、女房もそうだし、娘もそうなる途中らしい……」というふうなぐあいだった。

ベラミー・クラブのこだわらない空気では、この変人もだれにも憎まれなどしなかった。それが死んでからもうだいぶになっていたが、「キャリバン」号の船客全部が急に同じようなぐあいに気が変になったということは考えられなくて、この日の品定めはそれをピンフォールド氏に聞かせるための計画的なものでなければならなかった。それは二人の少将が若いものがむしゃらなやり方の代わりに考えだした巧妙な作戦なのだった。

二十五年以上も前に、ピンフォールド氏はある若い女に恋をしていて、それも入れて同じように利口で意地悪な若い女が何人かいる家によく行き、この女たちは自分たちのあいだでだけ通用する隠語で話し、自分たちが考えだしたいろいろな遊戯をやった。その一つは学校で覚えたいたずらを一般向きに改良したもので、だれか初めての客がその家にきたときに女たちがその気になると、その客の視界にはいらないところにいるものはみんなその客に向かって舌をだした。客が眼を移すにしたがって何人かのものは口を閉じ、別な何人かが舌をだして、女たちはみんな自制力があって話し上手だったから、だれも笑ったりせず、客と話をしているものは不自然に愛想よくした。そういうことをする目的は、だれか自分以外のものが不用意に舌をだしているのを客に見つけさせることで、赤い舌が出たり、入ったりし、優しい笑顔がしかめ面に変わってまた笑顔になるのはなんとも滑稽であり、話の調子がどうにも変なのが相当に鈍感な客にも解って、客は自分がなぜか笑いものにされているのに気がついておちつかなくなり、ズボンのボタンがはずれていないことを確かめたり、鏡に自分の顔を映して見たりするのだった。

何かそれに似ていて、ただずっともっと下等な遊戯がピンフォールド氏に不愉快な思いをさせてほかの船客たちを喜ばすために工夫されたのにちがいなかった。それならば、不愉快な顔つきをして船客たちを喜ばすことはなかった。彼はだれが口をきいているのか見るのももうやめた。

「……借金を払ってやるためにお母さんがわずかばかりの装飾品まで売ったんですって……」

「……何かいいものを書いたことがあるのかね……」

「ないさ。初めのころのほうが今ほどはひどくなかっただけでね。あいつはもう書くことがないんだよ」

るんだよ」

「できることはみんなやっちまったんだ。あいつはもうおしまいで、自分でもそれを知っているんだよ」

「しかしずいぶん儲《もう》けたんだろうな」

「あいつがいっているほどじゃないさ。それに、もうそれを全部使っちまったし。あいつの借金は大変なものらしい」

「それに、所得税というものがあるし」

「そうなんだ。あいつはもう何年も申告をごまかしていて、今、税務署のほうで調査しているんだ。税務署の連中ってのは別に急ぎはしない代わりに、目をつけた人間は必ずしまいにつかまえるんだから」

「ピンフォールドをつかまえるよね」

「そうするとリッチポールを売らなければならなくなる」

「子供は官立の学校に行く」

「自分と同じようにね」

「シャンパンが飲めなくなる」

「葉巻きも吸えなくなる」

「女房も出て行くだろうな」

「それはそうさ。家がないんだもの。実家に帰るさ」
「しかしピンフォールドは行く所がない」
「そう、ピンフォールドはね……」

しかしピンフォールド氏は一歩も引かなかった。少しでも弱味を見せてはならなくて、まだしばらくその辺を歩きまわってから船室にもどった。

「ギルバート」とマーガレットがいった。「ギルバート、なぜわたしに口をきいてくださらないの。甲板でわたしのすぐそばを通ってて、見向きもしないんですもの。わたしはあなたに向かって何もしてやしないじゃないの。あなたのことであんなひどいことをいっているのがわたしじゃないことがお解りにならないの。返事して、ギルバート。わたしには聞こえるんですから」

それでピンフォールド氏は口にだしてはいわずに、頭の中でだけ、「どこにあなたはいるんだ。あなたがどんな顔をしているかもわたしは知らないんだからね。これから会ったらどうだろう。いっしょにカクテルを飲もうじゃないか」といった。

「でも、ギルバート、それはできないのよ。規則だから」

「なんの規則。だれがそんな規則を決めたんだ。つまり、あなたのお父さんが許さないっていうのかね」

「いいえ、お父さんの規則じゃなくて、規則なのよ。お解りにならないの。わたしたちが会ってはならない規則なのよ。あなたと話を時どきしてもかまわないけれど、会ってはいけないの」

「あなたはどんな顔をしているんだ」

「それはいえないの。あなたがご自分でわたしをお探しにならなけりゃ。これも規則の一つなの」

「それじゃ、これは一種の遊戯なのか」

「そう、一種の遊戯をやっているだけなのよ、わたしたちは。でも、もう行かなけりゃ。ただ、あなたに一つだけいいたいことがあるんだけど」

「いえばいい」

「あなた、お怒りにならない」

「と思うね」

「ほんとう、ギルバート」

「なんなのだ、そのいいたいことっていうのは」

「いっていいかしら。わたしにその勇気があるかしら。怒らないでね。じゃ……」とそこまできてマーガレットは言葉を一度切ってから、熱がこもった低い声で、「髪を刈っていらっしゃい」といった。

「この」とピンフォールド氏はいいかけたが、マーガレットはもう行ってしまっていた。

彼は鏡を見た。確かに少し伸びているようで、彼は刈ってくることにした。それから彼は、どうして彼が頭の中でだけいうことがマーガレットに聞こえたかという新たに起きた問題について考え始めた。これは電線が擦り切れたとか、縺《もつ》れたとかいうことで説明できるものではなかった。彼が思案に耽《ふけ》っているとマーガレットが急にもどってきて、「電線じゃないのよ、ギルバート。無線よ、無線」といって、また行ってしまった。

その言葉に問題の鍵があって、それで彼を取り巻いている不可解なことの一切が判明するのかも知れなかった。いずれはそうなるとして、今はピンフォールド氏はその朝の出来事ですっかり混乱し、銅鑼が鳴らされるのを聞いて昼の食事をしに食堂に降りて行く途中、読心術という彼がまったく不案内なことについて漠然と考えつづけた。

食事になって、彼は気になっていたことについてさっそくグローヴァーに向かって切りだした。

「わたしはイートンには行かなかったんですよ」と彼は詰問する調子で急にいった。

「わたしもです」とグローヴァーは答えた。「学校はマールバラだったんで」

「わたしがイートンに行ったといったこともないんです」とそれでもピンフォールド氏は引き退らなかった。

「そりゃそうでしょう。いらっしゃらなかったのなら」

「わたしはイートンというのは立派な学校だと思っていますが、自分で行ったことはないんです」それから彼はノールウェー人の男に向かって、「わたしは黒シャツを着てアルバート・ホールに行ったこともないんです」といった。

「そうですか」とノールウェー人の男はピンフォールド氏がいったことに興味を持ちながら、それがなんのことか解らないで答えた。

「わたしはスペインの内乱のときにはフランコを支持しました」

「そうですか。あれはあまり前のことなので、どういうことだったのかよく覚えていないんですがね。わたしたちの国ではフランスやほかの国ほどはあの問題に注意しなかったんです」

「わたしはヒットラーにはぜんぜん反対だったんです」

「そりゃそうでしょうね」

「わたしはムッソリニにある程度まで期待したことがあるんですが、モズレーには会ったこともないんです」

「モズレー。それはなんですか」

「ね、政治の話だけはやめましょうよ」と綺麗なスカーフィールド夫人がいった。

ピンフォールド氏はもう何もいわないで食事を終わった。

彼はそれから床屋に行き、そこからだれもいないラウンジの、音が聞こえる場所に行った。船医が窓の向こうを通って、それが船長室に行く途中だったことは、そのすぐ後でそこから聞こえてきた話し声で解った。「……そのことをご報告しなければならないと思いまして」

「最後に見かけたのはどこなんだ」

「床屋です。それからぜんぜん姿を消して、船室にもいないんです」

「しかしそれでどうして飛び込んじまったと思うんだ」

「船が出帆して以来、あれにわたしは目をつけていたんですよ。どこか妙だとお思いになりませんでしたか」

「飲むことには気がついていたが」

「そう、完全なアルコール中毒症です。ほかの船客にもそのことを注意されたんですが、向こうで頼むか、あるいは何かやらかさなければ診察するわけに行かないもんで。それで今度はみんなが飛び込んだっていっているんです」

「しかし船客が一人、船室にいないからって船を止めてボートをだして探させられやしないよ。おそらく、どこかほかの船室で女の船客ときみにいわなくても解ることをやっているんだろう」

「わたしもそうじゃないかとは思いますが」

「飲むほかにどこかどうかしているってことがあるのか」

「一日、思い切り働かさせられることで直らないことは何一つないんです。一週間ばかり甲板掃除をさせることができたらいちばんいいんですが……」

そしてその後は船中が人を呼ぶのやおしゃべりで小鳥小屋のように喧《やかま》しくなった。

「……見つかりません」

「……飛び込んじまったんだ」

「……床屋を出てからだれも見かけてないんだ」

「……船長はどこかに女といるんだろうっていうんだが」

ピンフォールド氏はいやになってしまって、本を読むのに注意を集中しようとした。しかしそのうちに聞こえてくることの調子が変わった。「いいんだ。見つかった」

「……間違いだったんだ」

「……ピンフォールドが見つかった」

「それはよかった」と例の少将が重々しい口調でいった。「少し薬が利き過ぎたんじゃないかと思っていた」

それから後は何も聞こえなくなった。

床屋に行ったことがピンフォールド氏をマーガレットに近づけた。マーガレットはその午後と晩のあいだじゅう、話しかけてきて、ピンフォールド氏が見違えるようになったといっては嬉しがった。前よりも若くなり、立派で、ずっと可愛くなったということで、ピンフォールド氏は自分の頭をいろいろな角度から鏡に映して見たが、別にどうということはなくて、マーガレットをそんなに夢中にさせる原因になるほどのものは何もなかった。彼は自分が前よりも美しくなったからではなくて、マーガレットがいうことを聞いたからそういうふうにマーガレットが喜んでいるのだと解釈した。

そうして褒めるほかに、時には何かもう少し意味ありげなこともいった。「……考えてごらんなさい、ギルバート。床屋よ。何かそれで思い当たることがなくて」

「いや、しかし思い当たるべきなのかな」

「それが鍵なんじゃないの、ギルバート。それがあなたが知ろうとしていること、どうしてもあなたが知らなきゃいけないことじゃないの」

「それならばいってくれよ」

「それはできないのよ。規則だから。でも、少しは手伝える。床屋よ、ギルバート。床屋は髪を刈るほかにどんなことをするの」

「洗髪剤を客に売りつけようとする」

「駄目、駄目」

「客と話をする。頭のマッサージをする。口髭にアイロンをかける。足にできたまめを切ってくれもするらしい」

「そんなのじゃなくて、もっと簡単なこと。考えて、ギルバート」

「髭を剃るか」

「そう、それよ」

「しかし髭は今朝もう剃ったんだよ。もう一度剃ったほうがいいのか」

「まあ、ギルバート、だからあなたが好きなのよ。あなたの顎は少しざらざらしてきているかしら。一度剃ってからどのくらいするとまたざらざらになるの。わたしはざらざらしていたほうがいいような気がする……」そしてそれから先はまた彼に対する止めどもない愛の告白になった。

ピンフォールド氏は、——あるいはむしろ、彼が書いた本から生じた彼の幻影は、——それまでに何回となく思春期に達した少女の熱中の対象になっていた。マーガレットの何もかもさらけだした無邪気な口調はそういう、おそらくは寝床の中で書かれて、たいがいは日に二通が一週間か十日はつづいて送られてきた手紙のことを思いださせて、そうした手紙は告白と愛の表現だけで埋められ、差し出し人の住所はなくて手紙を受け取ったことを知らされることも求めず、突然そういう手紙がき始めるのと同様に突然もうこなくなるのだった。ピンフォールド氏はその最初の一通しか読まないことが多かったが、この敵意に満ちた「キャリバン」号ではマーガレットの息急《せ》き切った可憐な口のきき方が一つの慰めになり、彼は喜んでそれに耳を傾けた。彼はそれを待つようにさえなり、朝のうちは船室を変えてもらうつもりだったのが、晩になった今、この慰めの泉に見きりがつけがたくなっていた。

しかし夜になってそれがまた変わった。

彼は晩の食事はしないことに決めて、非常に疲れていたのでほかの船客が食事をすませて出てくるまで一人で甲板で過ごし、それから船室に行って三日ぶりで寝巻きに着換え、お祈りをして寝床に入り、電気を消してやがて眠ってしまった。

彼はマーガレットの母親の声で起こされた。

「ピンフォールドさん、ピンフォールドさん、寝ておしまいになったんじゃないでしょうね。もう起きているものはだれもいないんですよ。あなたはマーガレットにお約束なさったことをお忘れになったんですか」

「お母様、あの方は約束なんか何もなさらなかったのに」それは興奮して泣きそうになっている声だった。「あれは約束っていえるほどのものじゃなかったんですもの。今あの方をお起こししたりしたらわたしがどんなに困るかお解りにならないの。約束じゃなかったんですもの」

「わたしが若かったころは若い綺麗な女にそれだけのことをされたらどんな男だって大喜びしたものなんですよ。それを約束しておいて眠ってしまった振りをするなんて」

「わたしが悪かったのよ。あの方はわたしが退屈だと思っていらっしゃるんじゃないかしら。

あの方はなんでもご存じで、女なんかいくらでも、ロンドンでも、パリでも、ローマでも、ニューヨークでも、お歴々のいやらしいすれっからしの婆さんたちがあの方のものになったにちがいないんですもの。わたしなんかどうだっていいのに決まっている。でもわたしはあの方がどうしても」とマーガレットは切《せつ》なげに、ピンフォールド氏がこの船で何人かほかのものに聞かされたのと同じ泣き声をあげた。

「泣いたりしなくていいのよ。わたしがあの方に話してあげる」

「そんなことよして、お母様。わたしが許さない」

「あなたそんな、許さないなんて。わたしにお任せなさい。話してあげます。ピンフォールドさん、ギルバート、お起きなさい。マーガレットが何かあなたにいうことがあるんですって。もう目を覚ましましたよ、マーガレット、ほんとうよ。あなたがもう目を覚まして聞いているっていっておあげなさい、ギルバート」

「起きていて聞いています」

「はい。それじゃそのままでいて」——この女は電話の交換手のようだとピンフォールド氏は思った。——「マーガレットがこれからあなたとお話をしますから。さあ、マーガレット」

「でも、お母様」

「ほらごらんなさい、ギルバート、これはあなたのせいなんですよ。あなたがマーガレットを愛しているっておっしゃい。あなたは愛しているんじゃないの」

「しかしわたしはまだマーガレットに会ったこともないんですからね」とピンフォールド氏はやり切れない思いでいった。「それはもちろん、可愛らしいお嬢さんでしょうけど、とにかく、わたしはお目にかかったことがないんですから」

「まあ、ギルバート、そんなことをいっていいんですか。あなたはほんとうはそういう人じゃないでしょう、ほんとうのあなたっていう人は。あなたはただそういう冷たくて人ずれがしている人間の振りをしているだけなんでしょう。それならほかのものにあなたがそのとおりの人間だと思われてもしかたがないじゃありませんか。この船の人たちはみんなあなたについてひどいことをいっているんですよ。でも、わたしはそうは思わないんです。マーガレットがあなたの所におやすみなさいっていいに行きたがっているんですよ、ギルバート。ただ、あなたに愛されているのかどうか解らずにいるんです。ミミに愛しているっていいなさい」

「そんなことできませんよ」ピンフォールド氏はいった。「あなたのお嬢さんが可愛らしい人だっていうことは認めていいですよ。しかし会ったことがないんですから。それにわたしは結婚していて、わたしが愛しているのは妻なんです」

「そんな固苦しいことを、ギルバート」

「愛していらっしゃらない」とマーガレットが泣き声でいった。「もうわたしを愛していらっしゃらない」

「ギルバート、あなたはわたしの可愛いマーガレットがこんなになっていてもかまわないんですか」

ピンフォールド氏は腹が立ってきて、

「もう寝ますから。おやすみなさい」といった。

「マーガレットがこれからあなたの所に行きます」

「うるさい、婆あ」とピンフォールド氏はいった。

そういうことをいってはならなくて、彼がそれをいったとたんに、ではなくて、頭の中でそれを思った瞬間にそれを感じた。その大きな船が衝撃を受けて震動したようで、マーガレットが一声、哀れな悲鳴をあげ、母親のほうも言葉にはなっていなかったが、はっきり聞こえる息遣いでどんな気持ちでいるかを示し、息子が凄味をきかせたつもりで、「なんだと、パインフェルト……」と食ってかかってきた。ところが、そのときまったく思いがけないことに、陸軍少将が大声をあげて笑いだした。

「婆あはよかった。おまえのことを婆あといったじゃないか。パインフェルトもなかなかやるよ。わたしはもう三十年もおまえをそう呼びたくてしかたなかったんだ。おまえは婆あだよ、確かに。しようがない婆あだ。それで、ここのところはわたしに任せてくれないかね。おまえたちはみんな出て行ってくれ。ここにおいで、メッグ、ペッグ、わたしの小さなミミ」少将は感傷的になってくるにしたがってだみ声になり、言葉遣いが妙なふうになってきた。「今晩のことがすめば、おまえはもうわたしの小さなミミじゃなくなるな。わたしがそれを忘れやしない。おまえはもう一人前の女で、女が一人の男を選んでどうしてもその男だと思うのはいいことだ。これはわたしじゃなくておまえが決めたことだからな。あいつは年取っているが、そのほうがいい。若いもの同士がどうすればいいのか解らなくて何日もみじめな思いをして過ごすというのは珍しくないことなんだよ。それに年取った男のほうが若いのよりも教えるのがうまいんだし。もっと優しくて親切で清潔だし。そのうちに今度はおまえがもっと若い男に教えてやるときがきてこうして愛の技術が伝えられて人類が亡びずにすむ。わたしがおまえに教えてやりたいんだが、おまえはもうだれにするか決めて、わたしに文句はない」

「でも、お父様、あの方はわたしを愛していらっしゃらないんですもの。そうおっしゃったんだもの」

「そんなこと、おまえ。おまえのような綺麗な子にあいつが会うことはまずないよ。この船じゃもうおまえ一人なのは間違いないことだし、あれがもし男ならば、そろそろだれか欲しくなっているころだ。さっさと行ってあいつをつかまえなさい。おまえのお母さんはどうやってわたしをつかまえたと思うんだ。わたしが何かいうまでただ待っていたと思うのか。あれは軍人の娘で、いつも自分が欲しいものにまっすぐに向かって行った。それでわたしにもまっすぐに向かってきたんだよ。おまえも軍人の娘だっていうことを忘れちゃいけない。もしあのピンフォールドっていうやつが欲しいのなら行って取ってくりゃいいんだ。しかしそんな格好してちゃ閲兵式に出られないじゃないか。もっとちゃんとして、顔を洗って髪にブラッシをかけて服を脱げよ」

マーガレットはおとなしくその船室に行って、そこにその友だちの娘たち、それも何十人もの娘たちが現われたようで、これがマーガレットに服を脱がせ、髪にブラッシをかけてやっているあいだ、祝婚歌を合唱するのだった。

ピンフォールド氏は不愉快と興味がまざった気持ちでそれを聞いていた。彼は自分がすることは自分で決める質《たち》で、マーガレットの両親がマーガレットを彼に押しつけにかかっているのは身勝手もはなはだしい気がした。彼は独身のころもそう努めて女を漁《あさ》ってまわるほうではなくて、外国に行ったときは、ことにそれが辺鄙《へんぴ》な土地ならば、異国情緒のすべてが味わいたい旅行者の好奇心で女郎屋に行き、英国では一人の相手に対する気持ちがかなり長つづきし、結婚してからは妻に忠実だった。彼は教会の教義を受け入れるようになって後、一応は道徳的と呼べる人間になって、地獄に行きたくないということとは別に教会の掟《おきて》を破ることを好まない傾向が生じ、そういう禁じられた行為が似合わない人物を作りあげるに至っていた。しかしそれでもある期待がピンフォールド氏の胸に芽生えて、彼が身につけた抑制とか、品とかはその何日間かに相当に痛めつけられ、マーガレットがやってくるということは彼を刺戟しないではいなかった。彼はどうやってマーガレットを迎えるかについて考え始めた。

狭い寝台が二つしかないその船室は、そういうふうに使えるようにできていなかった。彼はとにかく、その辺を片づけて、服をしまい、寝台の寝具を直したが、寝台はそれまでそこにだれも寝ていなかった感じになっただけだった。しかしマーガレットが船室に入ってきたときに彼がトルコの王様のように寝台に寝たままでいてはならなかった。立って迎えるべきで、椅子が一つしかなかったが、それにマーガレットを腰かけさせたものだろうか。そのうちになんとか相手を寝台に寝かせなければならなかったが、それにはどうすればいいのか。そこまで抱いて持って行くことができるだろうか。マーガレットがどのくらいの大きさなのかも彼には解らなかった。

彼は寝巻きを脱いで戸棚にしまい、ドレッシング・ガウンを着て、マーガレットに降りてくる用意をさせる儀式が船室を音楽で満たしているあいだ、戸のほうを向いて椅子に腰かけて待っていた。しかしそのうちにそのときまでの気持ちが別なものに変わって、疑惑が生じた。自分はこれから何をしようとしているのだろうか。彼はクラットン＝コーンフォースが後から後からと、なんのためにか解らないぐあいにせっせと女を引っかけていることを思って、いやになった。それに彼はひどくからだが弱っていて、だれか欲しくなっているころどころではなかった。その彼が、相手が求めているとおりにゆっくり何かとやって、そのあいだ、興味を失わないでいられるだろうか。しかし彼は直したばかりの寝床を見て、それを怯《ひる》み、許し、憧れる可憐な裸体で、ブーシェーかフラゴナールが描くところの妖精で満たし、そうするとまた違った気分になった。マーガレットがきてもかまわなくて、早くくるといいのだった。彼のほうでは用意ができていた。

しかしマーガレットはなかなかこなかった。マーガレットに用意させていた娘たちが仕事を終わって、今度はマーガレットの両親がその出来栄《ば》えを見にきた。

「わたしのマーガレット、あなたはまだこんなに若いのに、ほんとうにあの方を愛しているの。今からでもやめにしていいんですよ。まだ何も知らないわたしのマーガレット、もう二度と今と同じあなたを見ることができないのね」

「あの方を愛しているの、お母様」

「親切にしてやってくださいね、ギルバート。あなたはわたしにはちっとも親切じゃなかった。わたしが男にそんなことをいわれるとは思わなかったことを、あなたはわたしに向かっていったんです。わたしはあなたにはもうけっして口をきかないつもりだったんだけれど、今はそんなことを考えているときじゃないんですから。わたしの娘を幸福にするのも、不幸にするのもあなたなんですよ。夫らしく扱ってやってね。わたしはあなたにわたしの大事なものをお預けするんです……」

それから少将。「申し分ない。それじゃ行って、おまえがこれから会わされる目に会ってきなさい。ペッグ、わたしのペッグ、それがどんなことかおまえは知っているんだろうな」

「知っていると思います。お父様」

「それがそうじゃないんだよ。おまえは本で読んだことで何もかも解っているつもりかも知れないけれど、人生ではなんでもそうで、いざというときになるとそれがそれまで考えていたこととは違っているんだ。もうおまえは引っ返すことはできない。後でわたしの所にきなさい。おまえの報告を聞くまでわたしは起きている。じゃ行ってきなさい」

しかしマーガレットはまだ動こうとしなかった。そして、「ギルバート、ギルバート、あなたはほんとうにわたしが欲しいの」といった。「ほんとうになの」

「もちろんだよ。きなさい」

「それじゃ何か優しいことといってちょうだい」

「ここにくればいくらでも優しくしてあげるよ」

「連れにきて」

「どこにいるんだ」

「ここ。あなたの部屋のすぐ外よ」

「それなら入ってきたらいいじゃないか。戸は開いているんだ」

「それができないのよ。あなたがわたしを連れにこなくちゃいけないの」

「馬鹿言いなさい。わたしはもう前からここで待っているんだ。くるのならこいよ。じゃなければ、わたしはもう寝たいんだ」

そうするとマーガレットが泣きだして、母親が、「そんなひどいことを、ギルバート」といった。「あなたのようじゃないじゃありませんか。あなたはマーガレットを愛していて、マーガレットはあなたを愛しているんです。それがあなたに解らないんですか。まだ若くて、これが初めてだっていうのに、あなたはもっと優しくしてやらなければ、ギルバート。これは森の小さな動物のような娘なんですよ」

「どうしたんだ」と少将が聞いた。「まだ陣地ができてないのか。報告はどうしたんだ。まだあの子は出発しないのか」

「わたしにはできないの、お父様。できると思ったけれどできないの」

「何か起こったらしいな、ピンフォールド。どうしたのか調べろ。斥候《せっこう》をだせ」

「マーガレットを探していらっしゃい、ギルバート。優しくして夫らしく誘い込みなさい。すぐそこであなたがくるのを待っているんですよ」

ピンフォールド氏は不機嫌な顔をしてだれもいない廊下に出て見た。グローヴァーが鼾《いびき》をかいているのが聞こえてきて、どこかピンフォールド氏のすぐそばでマーガレットが泣いていた。彼は風呂場を覗いたが、そこにはいなくて、廊下の曲がり角や、階段を見ても、やはりいなかった。

彼は男用と女用の両方の便所まで見て、そこにもマーガレットはいなかった。彼は船室にもどって戸を開けて留め金で留めて、そこのカーテンを引いた。彼は疲れ切って、何もする気がなくなっていた。

「マーガレット、残念だが」と彼はいった。「わたしは女学生と隠れんぼをするには年を取り過ぎているんだ。わたしと寝たいんなら、自分でここまでこなけりゃ駄目だ」

彼は寝巻きを着て床に入り、毛布を首のところまで引きあげて、やがて腕を伸ばして電気を消した。そうすると廊下から差し込んでくるあかりが眩《まぶ》しくて、戸を締め、からだの片方を下にして寝入りかけた。そして寝たと思うと、戸が開いてすぐに締まる音がして、眼を開けたときにはもう遅かった。マーガレットの泣き声と、だれかがスリッパを履いて廊下を急ぎ足で去って行くのが聞こえた。

「わたしは行ったのよ、ほんとうに行ったの。そうしたらあの人は暗闇の中でもう鼾をかいているんですもの」

「わたしのマーガレット、あなたは行かなけりゃよかったのに。これもみんなあなたのお父さんが悪いんです」

「悪かったな、ペッグ」と少将がいった。「状況の判断を誤ったんだ」

ピンフォールド氏が眠ってしまう前に最後に聞いたのはゴヌリルの声だった。「鼾をかいているなんて。眠っている振りをしていただけなのよ。自分が駄目なことが解っているから。あれは不能なのよ。そうでしょう、ギルバート。そうですとも」

「鼾をかいていたのはグローヴァーだ」とピンフォールド氏はいったが、だれも聞いていないようだった。

7　不屈の悪漢ども

ピンフォールド氏はそう長くは眠っていなかった。彼はいつものとおり、頭の上の甲板を水夫たちが洗い始めたときに目を覚まして、そのときにはその日のうちに船室を変えてもらう決心をもう固めていた。彼のマーガレットとの縁はこれで切れたことにして、一味との交渉はすべて断わって電線が妙なことになっていない船室でゆっくり眠りたかった。彼は船長のテーブルで食事をするのもやめることに決めた。彼は初めからそんな所で食事をしたくはなかったので、自分の代わりにそこに行きたいものはいくらでもあるようだった。彼はこれからはまったく自分一人だけの航海をつづけるつもりだった。

その船室で彼が最後に聞いたことが彼にいっそうその決心を固めさせた。

朝の食事の時間になる少し前に、例の装置が確かにその根源であっていいはずの無線室に繋がり、いつもとは違って船内の事務的な通信でなしに無線係が人と話をしているのが聞こえてきて、それが例の陽気な若い連中が早起きしてやってきたのにピンフォールド氏の電報を読んで聞かせているのだった。

「フネデハミナシンセツニシテクレマス。ゴアンシンクダサイ、ギルバート」

「そいつはいい」

「みんなが親切にしているからね」

「可哀そうに、今でもそう思っているかしら」

「しかしギルバートもそういう電報を打つんだね」

「もっと見せてよ」

「ほんとうはこういうことをしちゃいけないんですがね。信書の秘密っていうことがあるんですから」

「ま、そんなに四角張らないで」

「これはいいや。ゼンカイシタ、ギルバート」

「直ったのか、あははははは」

「全快したっていっている」

「ギルバートが全快したの。傑作ね。もっと読んでよ、ねえ」

「実に電報をよく打つ人ですよ。たいがいは金のことで、あまり酔っ払っていて何を書いたのか読むのに苦労したこともたびたびなんですがね。それから何かに招待されたのを断わったのもたくさんある。この二つはいいでしょう。シキユウゼイタクフロツキタノム、キシヤフユキトドキチヨウサタノム。これは十何通も打ったんですよ」

「ギルバートがいなかったらわたしたちはほんとうにどうしましょう」

「貴社がギルバートの贅沢なお風呂で不行き届きだったのかしら」

「不行き届きって、ギルバートはお風呂の中で何をするの」

ピンフォールド氏の考えでは、これはそれまでの悪ふざけとは質が違ったものだった。この若い陽気な連中は今度はやり過ぎたので、いたずらをするのと人の電報を読むのを同じに見ることは許されず、これは法を犯す行為だった。ピンフォールド氏は連中を告発することに決めて食堂に向かった。


彼は途中で船の朝の巡検をしている船長に出会った。

「スティヤフォース船長、ちょっとお話ししたいことがあるんですが」

「なんでも」と船長はいって、立ち止まった。

「あなたのお部屋でいかがでしょうか」

「もしそのほうがおよろしければ。もう十分もすれば終わりますから、そのころおいでになってくださいませんか。それとも、お急ぎですか」

「いいえ、十分ならば待てますから」

ピンフォールド氏は船橋のうしろにある船長室まで行った。そこは船についている調度のほかに船長の所有品を少しばかりたしただけの部屋で、家族の写真が幾枚か皮製の枠に入れてあり、壁の羽目板に英国の寺院のエッチングがかかっているのは会社のものかも知れず、パイプがいくつかパイプ立てに並べてあって、こういう部屋で淫らなことや人殺しが行なわれたり、陰謀が企てられたりするとは思えなかった。

やがて船長がもどってきた。

「それで、どういうご用件なんですか」

「最初に伺いたいのは、この船から発信される船客の電報は信書と考えていいかということなんです」

「失礼ですが、おっしゃっていることの意味がよく解りませんが」

「スティヤフォース船長、わたしがこの船に乗ってからまったく私的な性質の電報を何本も打っているんです。ところが、今朝早くなんですが、船客の何人かが無線室に集まってそれを読んでいたんです」

「それならばすぐに調べられます。何本お打ちになったんですか」

「よく覚えていませんが、十二、三本だったと思います」

「そしてそれをお打ちになったのは」

「航海が始まったころにつぎつぎにだったんです」

ステイヤフォース船長は当惑した顔つきになって、「しかし今日で船が出てから五日目なんですよ」といった。

ピンフォールド氏は面くらって、「それは確かですか」といった。

「もちろんですよ」

「しかしもっと長いあいだ、航海しているように思ったんですが」

「とにかく、それじゃごいっしょに無線室まで行って調べてみることにしましょう」

無線室は船長室と一室おいた先だった。

「これは船客のピンフォールドさん」

「はい、お目にかかっております」

「この方がお打ちになった電報のことで調べてもらいたいことがあるんだが」

「それはなんでもありません。船客の方たちの私信がわずかしかありませんから」無線係はわきの帳簿を開いて、「これです」といった。「一昨日で、お受け取りしてから一時間以内に発信されています」

彼はピンフォールド氏の自筆で、ゼンカイシタ、ギルバート、という電文をだして見せた。

「しかしほかのは」とピンフォールド氏はますますわけが解らなくなって聞いた。

「ほかにはありませんが」

「まだ十何本かあるはずなんだが」

「これだけです。それはわたしが受け合いますよ」

「わたしがリヴァプールで船に乗ったときも一本打ったけれど」

「それは郵便局が受け取って打ったわけです」

「そしてその写しはここにはないんだな」

「ありません」

「それじゃ」とピンフォールド氏はいった。「どうして今朝の八時にほかの船客が何人かここにきてそれを読むなんていうことができたんだろう」

「そんなことはあり得ませんね」と無線係がいった。「そのときもわたしはここにいて、船客はどなたも見えませんでしたから」

彼と船長は顔を見合わせた。

「それでいいですか、ピンフォールドさん」と船長がいった。

「いいえ、まだあるんです。もう一度、あなたのお部屋に行ってかまいませんか」

「どうぞ」

二人がそこの椅子に腰をおろしてから、ピンフォールド氏は、「スティヤフォース船長、だれかわたしにいたずらをするものがあるんです」といった。

「どうも、そうらしいですね」と船長が答えた。

「それも、今度が最初じゃないんです。わたしがこの船に乗ってきて以来、――しかしそれからまだ五日しかたっていないんですか」

「正確には四日です」

「この船に乗ってきて以来、いたずらだの、脅迫だののされどおしなんです。もっとも、わたしはそのことで正式にあなたに訴えているわけじゃないんですよ。その人たちの名前も知らないし、実際に見たこともないんですから。あなたに正式な調査をお願いしているんじゃないんです、――今のところはね。わたしに解っていることは、その中心になっているのが四人の家族連れだっていうことだけなんです」

「家族連れはいないと思いますがね」と船長は机にあった船客名簿を取りあげていった。「エンジェルさんという方たちのほかは。しかしこれは人にそういういたずらをするような人たちじゃありませんがね。みんな、非常におとなしくて」

「しかし名簿に乗っていない人たちも何人かいるでしょう」

「そんなのはありません」

「たとえば、フォスカーというのが」

スティヤフォース船長は名簿を繰って、「いや、フォスカーというのはいません」といった。

「それからあの、前に食堂で一人で食事していた色が黒い小さな男」

「ああ、あれはわたしがよく存じあげている方で、この船に何度も乗っていらっしゃるんです。マードックさんという方で、ここに載っています」

ピンフォールド氏はその点も諦めなければならなくなって、マードック氏が一人で食事していたことから思いついて別なことを言いだした。

「そのことなんですが、わたしは食堂であなたのテーブルで食事させていただいているのを非常な名誉とは思っているんですが、ほんとうをいうと、わたしは今のところ、人とつき合える状態じゃないんで、神経痛でかなり強い灰色の錠剤を使っていたりしたもんですから。それで一人で食事したほうがいいんで、けっして失礼な意味ではなしに……」

「それはどこにお腰かけになっても、ちっともかまわないんですよ、ピンフォールドさん。給仕長にそうおっしゃってください」

「これはけっして外部からの圧力に屈したりしたんじゃないんで、まったくただ健康上の理由からなんです」

「それはもう、ピンフォールドさん」

「からだの調子がもう少しよくなりましたら、もとの席にもどらせていただきます」

「いや、どこでもお気に召した所にいらしっていただきたいんですよ、ピンフォールドさん。で、それだけですか」

「いいえ、もう一つ。わたしが今いる船室なんですが、あすこの電線がどうかしていて、あなたがご存じかどうか知らないんですが、よくこの船橋や船のほかの部分で人が話していることが聞こえてくるんです」

「それは知らなかったですね」とスティヤフォース船長がいった。「おかしいですね」

「それを連中がわたしにいたずらするのに利用していて、まったくやり切れないんです。それで船室が変えたいんですが」

「それはなんでもありません。二つか三つ空いているのがありますから。それは事務長におっしゃってください。……ほかに何かありますか」

「いいえ」とピンフォールド氏はいった。「いろいろとどうもありがとうございました。それから、テーブルを変えることについては解ってくださいましたね。けっして失礼な意味でそうするんじゃないんです」

「それはもうよく解っていますよ、ピンフォールドさん。それじゃ」

ピンフォールド氏はかなり不満な気持ちで船長室を出た。彼は言い過ぎたか、言いたりなかったかのどっちかだったという感じがしたからだったが、ある程度までは目的を達したわけで、彼はてきぱきと事務長や給仕長に会って話をする仕事を片づけた。彼はちょうどマードック氏がそれまでいたテーブルを与えられ、船室はバーの近くですぐに散歩用の甲板に出られる所にあるのを選んだ。そこならば愚連隊に殴り込まれたりする心配はまずなかった。

彼は引っ越しの指図をしにもとの船室にもどった。そうすると、連中の声がすぐに聞こえ始めたが、彼は給仕と話をするのに忙しくて、彼の持ちものが運び去られるのがすむまで声のほうには注意しないでいた。それから彼はそれまで彼が悩まされつづけた部屋を見まわし、声が何をいっているか聞くことにした。彼は船長との会見でたいしたことはできなかったと思っているにもかかわらず、それが敵側には相当に利いたことを知って喜んだ。

「言いつけに行ったのね」というゴヌリルの声にはいつもほどの自信がなかった。「船長になんていったの。とにかく、必ず仕返ししてやるから。あなたはあの三、八拍子のことを忘れたの。わたしたちの名前をあなた、船長にいったの。え、いったの」

マーガレットの兄はもっと折れて出て、「ね、ギルバート、何もほかのものをこのことに引っ張り込む必要はないじゃないか」といった。「わたしたちのあいだだけで話をつけようじゃないか」

マーガレットはピンフォールド氏を責めたが、それは前の晩のことではなかった。あれだけの感情の嵐がどこへ行ってしまったのか、ちょうど、雷雨があった後で夏の空が晴れわたったようで、その後もその晩のことにマーガレットはもう二度と触れなかった。マーガレットが優しい口調で彼を責めたのは、彼が船長に会いに行ったことについてだった。「そういうことをしちゃいけない規則なのが解らないの。わたしたちは規則に従ってやらなければ」

「わたしは何もやっちゃいないよ」

「いいえ、そんなことはなくてよ。わたしたちはみんな、規則に従ってやっているんです。そうしないではいられないんですもの。そしてほかのだれにもいってはいけないというのが規則の一つなの。もし何かあなたに解らないことがあったらわたしに聞いてちょうだい」

可哀そうに、この子は悪い人間とつき合っているうちにこんなになってしまったんだとピンフォールド氏は思った。前の晩のことがあって、もう彼はマーガレットを信用しなくなっていたが、少しは愛していることも事実で、それを予定どおりに完全に見離すのは何か無躾《ぶしつけ》な感じがした。この一味の手から逃れるのは実に簡単なことだったので、装置の威力をこの横着な若ものどもは過信し、その装置をピンフォールド氏は役に立たなくさせたのだった。

「マーガレット」と彼はいった。「わたしはそんな規則なんて知らなくて、あなたたちのだれともそんな規則に従って何かやっているわけじゃないけれど、あなたには一度会いたいね。気が向いたときに甲板に出てこないかね」

「わたしもどんなにそうしたいでしょう。でも、わたしにはそれができないんですもの。それはお解りになるでしょう」

「いや」ピンフォールド氏はいった。「正直のところ、わたしにはちっとも解らないね。あなたにこのことは任せることにする。これからわたしはここを出るんだ」そして彼はこれを最後にその憑《つ》かれた船室から出て行った。

ちょうど、みんなが集まってカクテルを注文し、船の前日の航程が発表されて賭《かけ》の賞金がわたされる正午の時間で、新たに移ってきた船室でその船室つきの給仕に荷物を片づけさせている彼の所までバーでの船客たちのおしゃべりが聞こえてきた。彼はそこに立って、すべてがうまく行ったと思った。

彼は船長から聞いたいろいろなことをもう一度頭の中で繰り返してみた。……家族連れはいない、……エンジェルさんという方たちのほかは。エンジェル。急にそのとき、ピンフォールド氏は謎の一切ではなくても、その核心をなすものがつかめたと思った。エンジェルというのはBBCからきたあの感じがよくない男だった。――電線じゃないのよ、ギルバート、無線よ。――エンジェルは、「キャリバン」号の通信装置の故障を利用し、また場合によってはそうした故障を起こさせるのに必要な技術的な知識の持ち主だった。そしてエンジェルは鬚を生やしていた。――床屋は髪を刈るほかにどんなことをするの。――エンジェルにはリッチポールの近くに住んでいる叔母があって、それならばその辺に広まっている根も葉もない噂を聞くこともできるわけだった。またエンジェルはセドリック・ソーンが自殺することを半ば予期していた。そのエンジェルはリッチポールでピンフォールド氏をとっちめるのに失敗したことで彼に対して恨みを持っていて、偶然、この船に彼がすっかり弱って一人で乗っているのを見つけたのだった。明らかに、悪ものはエンジェルとその情人なのか、ただの仲間なのか、とにかく、その陰険な相棒でピンフォールド氏がゴヌリルという綽名をつけた女でなければならなかった。そしてエンジェルはやり過ぎたのであって、今になってそのことがロンドンにいる彼の上役たちの耳にはいるのを恐れているのだった。確かにそれは上役たちの耳にはいることで、ピンフォールド氏が英国にもどったならば必ずそうなるようにするつもりだった。それまで待たなくても、船から手紙を書いてもいいとピンフォールド氏は思った。おそらく、エンジェルは公用で旅行していて、それならばBBCはエンジェルが鬚を生やしていようと、いまいと、いろいろとエンジェルにいって聞かせることがあるにちがいなかった。

この新たな発見に基づいて考え直しても、まだその何日間かの出来事には解らないところがあった。ピンフォールド氏はよくできている昔ふうの探偵小説をあまり注意しないで読んでいるうちに終わりまできてしまったような感じがして、犯人が解った現在、気がつかずに読み過ごした手がかりを探しにまた前のほうを読み返すのに似たことを始めた。

「キャリバン」号で正午になって一切が平凡な常態に復したと思い込んだ経験は、彼にとってそれが最初ではなかった。

船室を変えたことは、彼が考えたような見事な作戦ではなかったのだった。彼は敵に瞞《だま》された司令官に似ていて、敵の陣地のもっとも重要な部分と思って攻略したのは丹念に構築された強力な陣地をそれまで隠蔽《いんぺい》していた空地にすぎず、彼が潰走させたつもりでいた敵は増強されて、すでに反攻の態勢を整えていた。

ピンフォールド氏は食堂で一人でする最初の昼の食事に行く前に、エンジェルの行動の範囲がもとの船室とラウンジの一隅に限られてはいないことを発見した。エンジェルはどこにでも移動させられる何かの装置で船のどの部分に向かっても話せるし、またそこからのことが聞けて、それから何日間か、ピンフォールド氏はどこにいてもエンジェルの本部でいわれていることを聞き、またいやでもそれを聞かされた。彼はたまにグローヴァーやスカーフィールド夫人に会釈するほかは、今はまったく一人で生活し、動き、食事をしていて、ただ彼の敵たちとだけ話し、その言葉を聞いて過ごし、それが夜となく昼となくつづくうちに、どんな探偵小説に出てくるのよりも近代的で恐怖に価する複雑な陰謀の性格を丹念に少しずつ明らかにして行った。

彼が船室を変えたことで一時は少なくとも、エンジェルとその手下たちも困ったらしくて（手下も若いものばかりで男女合わせて五、六人いるのだが、だいたいのところは三、八拍子の楽隊と同じ顔触れのようだった）、それに彼が身投げしたという噂が船に広まったとき、連中が本式に狼狽《ろうばい》したということも考えられた。とにかく、エンジェルが最初に取った処置はピンフォールド氏の行動を絶えず監視させることで、彼が何をしてもそれがすぐに本部に要領よく報告された。

「ギルバートが食堂にきた。……献立《こんだて》を読んでいる。……葡萄酒を注文した。……今度はハム」

彼がほかの場所に移るごとに、別な監視人に引き継がれた。

「ギルバートが中甲板に行く。B、頼む」

「よしきた、A。ギルバートが左舷の戸から甲板に出て行く。C、頼む」

「よしきた、B。ギルバートが甲板を左まわりに歩いている。右舷の入り口に近づいている。B、頼む」

「今、本を持って椅子に腰かけたところ」

「よし、B。そこのラウンジで監視をつづけて報告しろ。三時に交代させるから」

ピンフォールド氏はラウンジにいる人たちを見まわして、そのうちにだれがBなのだろうと思った。そのうちに、船客の半分ぐらいがエンジェルによって監視の役を引き受けさせられていることが解って、この人たちはそれが一種の遊戯か何かのつもりでいるらしかった。残りは、何も知らずにいるものもあれば、――その中にグローヴァーやスカーフィールド夫婦がはいっていた。

——馬鹿げたことだといって取り合わないものもあり、まちまちだった。そして実際の当事者たちは本部に詰めていて、そこで報告が総合され、調査事項が決定されて、何時間かごとに会議が開かれてエンジェルが報告を検討し、それを纏《まと》めて作った原稿を女の一人にタイプに打たせた。彼はいつも恐ろしく陽気で張り切っていた。

「これはいい、素晴らしい。……ここで本音を吐かせたな。……これは貴重だ。……こういう点についてもう少し詳しく解るといいんだが……」

ピンフォールド氏がその日、あるいはかつていったり、したり、考えたりしたことはすべて意味があるようで、エンジェルはピンフォールド氏を馬鹿にしている態度を取りつづけながらも熱心だった。時には二人のもっと年取った男が、——それは二人の少将ではなかったが、年はそういうがさつな若ものどもよりももっと二人の少将に近いのが、——直接にピンフォールド氏を訊問した。それがこの企ての中心をなすもののようで、ピンフォールド氏がラウンジにいるか、あるいは船室で横になっているかするときには必ず行なわれ、ピンフォールド氏は連中がこういうことを始めたその動機やからくりに対する好奇心から、初めの二十四時間ばかりはある程度までこの二人に協力した。これはピンフォールド氏の私生活全体にわたって大変な量のものではあっても、きわめて不完全で不正確な材料を持っていて、その穴を埋めるのが二人の役目だった。その態度からいうと、二人は半ば弁護士、半ば官僚だった。

「おまえは一九二九年の一月にどこにいた、ピンフォールド」

「さあ」

「おまえに思いださせることができるかも知れない。ここにおまえがカイロのメナ・ハウス・ホテルから書いた手紙があるんだが、おまえは一九二九年にエジプトにいたんじゃないかな」

「そう、いたと思う」

「それで、エジプトで何をしていた」

「何もしてなかったな」

「何もしてなかった。そんなことじゃ駄目だ、ピンフォールド。ちゃんと返事してもらいたい」

「旅行してたんだ」

「それは解っている。旅行しないでエジプトまで行けるわけがないじゃないか。ほんとうのことをいうのだ、ピンフォールド。おまえは一九二九年にエジプトで何をしていた」

別なときには、「おまえは靴を何足持っている」

「さあね」

「何足か知っているはずだ。十二足というところか」

「その辺かも知れない」

「ここにはおまえが十足持っていると書いてある」

「そのくらいかな」

「それじゃなぜ、十二足といったんだ、ピンフォールド。この男は確かに十二足といったな」

「確かにいった」

「いけないじゃないか、ピンフォールド。おまえは助かりたいならばほんとうのことをいうほかないんだ」

時には、この二人はもっと最近のことを取りあげた。

「おまえは灰色の錠剤を常用しているのがよくないのだと何度かいったが、その錠剤はどこからきたんだ」

「わたしの医者の所から」

「その医者が自分で作ったというのか」

「そうじゃないと思う」

「ちゃんと返事してもらいたい。それじゃ、どこからきたんだ」

「それは解らないね。どこかの製薬会社だろうと思う」

「そのとおりだ。そしてその会社がウィルコックス・ブレッドワースなんだが、そのことについてどう思う」

「どうも思わないね」

「どうも思わないとはなんだ、ピンフォールド。気をつけたほうがいい。おまえはウィルコックス・ブレッドワースが英国で非常に信用がある会社の一つだっていうことを知らないのか」

「それは知っている」

「そしてその会社が危険な薬品を作っていると言いたいのか」

「それはいくらでも作っているだろう」

「そうすると、おまえはウィルコックス・ブレッドワースがおまえの医者と共謀しておまえに毒を飲ませたと言いたいんだな」

「もちろんそんなことはいわないさ」

「それじゃいったい、何が言いたいんだ」

時には、二人はその厳しい、はっきりした声で愚連隊どもや船客の中の金棒《かなぼう》引きたちに劣らない奇妙な言いがかりをつけてきてピンフォールド氏を責めた。たとえば、二人は中東である参謀が自殺したことについて彼をうるさく問いつめて、——彼が知っているかぎりでは、その参謀は無事に、また、上首尾で終戦を迎えたのだったが、——二人によれば、それが戦争中に彼の悪巧《わるだく》みによって自殺させられたのだった。二人は例の、ヒルが追い立てを食ったとか、ピンフォールド氏の母親が養老院で死んだとかいうことも持ちだした。また、二人は彼が聖公会の僧正の甥《おい》だといったということについて彼を訊問した。

その何日間かに一度か二度、エンジェルはピンフォールド氏を威《おど》かすための計画的ないたずらをまたやってみたが、その準備がピンフォールド氏には筒抜けなので、それまでのような効果はなかった。

ある朝早くピンフォールド氏はエンジェルが、「今日は嵐《あらし》作戦を実施する」というのを聞いて、しばらくたってほかの船客たちが起きてくると、ピンフォールド氏がそのそばを通るか、船客たちが彼のほうに近寄ってくるかするごとに、みんな揃って強風警報が出ている話をした。

「……船長は船が嵐の真ん中に向かって進んでいるっていってるんですって……」

「地中海でこんなひどい嵐に出会ったことはないんだっていっていたけれど……」

その日は晴れていて海も静かで、ピンフォールド氏はむしろ嵐に会うのが好きだったから平気だった。そのうちに、この芝居が一時間ばかりつづいてからエンジェルがその中止を命令した。

「駄目だ。ギルバートが恐がらないからやめ」

「あの方は海にはお強いんですもの」とマーガレットがいった。

「昼の食事抜きでも平気なのよ」とゴヌリルがいった。「ここの食堂のものはお口に合わないんだって」

「株式作戦」とエンジェルがいった。

このいたずらは前のよりももっと馬鹿げていた。その方法は前と同様に、彼に聞かせるために船客にいろいろなことをいわせるので、今度の話題は急に大変な不況に見舞われて世界の株式市場が混乱に陥ったというのだった。船客たちはピンフォールド氏のそばを通って行ったり、椅子に腰かけて編みものをしたりしながら、いわれたとおりに世界の各国の首府で株が暴落したことや、金持ちが自殺したことや、銀行や会社が倒産したことの話をし、数字を挙げ、倒産した会社の名前を並べるのだった。しかし仮にそれを真に受けたとしても、それはピンフォールド氏にとってまったくなんの興味もないことだった。

「ピンフォールドさんは今度のことで財産を全部なくしてしまったんですって」とベンソン夫人がコックソン夫人にいった（この人たちはまた英語で話すようになっていた）。

ピンフォールド氏に財産というほどのものはなかった。ただ少しばかりの土地と、何枚かの絵と、稀覯《きこう》本が幾冊かと、自分の本の著作権があるだけで、銀行にはいくらかの借金があった。彼は一生のうちで利息というものを一文も取ったことがなくて、金融のもっとも初歩的なことも彼にはちんぷんかんぷんだった。この連中が彼について何もかもこれほど丹念に調べにかかっていながら、それを知らないのは不思議だと彼は思った。

「やめ」とエンジェルがしまいにいった。

「どうしたんだろう」

「それが解るといいんだが。ギルバートに療法が利かなくなっちまった。前は震えあがらせることができたのに、今は酔っ払ってでもいるんだろうか」

「頭がぼんやりしているらしい」

「寝がたりないんだ」

それはほんとうだった。ピンフォールド氏は眠り薬を全部使ってしまって以来、うつらうつらするのが一時間もつづけばいいほうになっていて、夜は苦痛であるばかりだった。彼は晩の食事の服装をしてラウンジに一人で陣取ってほかの船客を眺め、彼らがしていることに気を取られて少しは敵側の声が始終聞こえてくるのを忘れることができて、その船客のうちでだれが彼の味方でだれが中立の立場にあるのだろうかと思い、やがて最後まで残っていたものも出て行って、ラウンジのあかりが暗くされた。それで彼も、これからどういうことになるか知ってはいるものの、船室に行って寝巻きに着換えるのだった。彼はもうお祈りをするのはやめて、それは彼がいい馴れた聖なる言葉をゴヌリルがひどいぐあいに真似て滅茶滅茶にすることが解っているからだった。

彼は休むことなどできないことを知って横になった。エンジェルの本部にはピンフォールド氏の意識の状態を示す電気の器具があって、ピンフォールド氏が推定したところでは、それは二つの赤い光の線が平行して出ているガラスの管で、これが汽車の窓から見た電信柱のように絶えず寄ってきたり、離れたりしていた。彼が眠くなるにしたがって二つの線は近寄ってきて、眠ると交叉《こうさ》し、当番がいつもその動きに注意していた。

「……目が覚めている。……眠くなってきた。……線が寄ってきた。……一つになった。……交叉する。……いや、また目を覚ました……」そしてうとうとして目を覚ましたとき、まず意識するのは当番の声だった。「ギルバートが起きた。五十一分」

「この前よりもいいじゃないか」

「しかしまだ充分じゃない」

ある晩、彼らはピンフォールド氏の神経を静めるためにスイスの科学者たちがその目的で特別に作ったレコードをかけた。その科学者たちは神経がおかしくなった職工を収容するサナトリウムでやった実験で、工場の音がいちばん人を眠くさせるという結論に達したのだった。それでピンフォールド氏の船室で機械の轟音《ごうおん》と唸《うな》りが響きわたった。

「馬鹿野郎」と彼は腹を据《す》えかねていった。「わたしは職工じゃないじゃないか。気が変になりそうだ」

「あなたはすでに気が変なんだよ、ギルバート」と当番のものがいった。「わたしたちはあなたを正気にもどそうとしているんだ」

この騒ぎはエンジェルが見まわりにくるまでつづいた。

「ギルバートはまだ寝ないのか。日誌を見せてくれ。〇三一二時。馬鹿野郎、わたしは職工じゃないじゃないか。──それはそうだ。──気が変になりそうだ。──それはそうかも知れないな。そのレコードを止めて、何か田園ふうのものに変えろ」

それから長いあいだ、鶯《うぐいす》が鳴くのが聞こえてきたが、それでもピンフォールド氏は眠れなかった。彼は甲板に出て、手摺に寄りかかった。

「飛び込みなさいよ、ギルバート。さあ、飛んで」とゴヌリルがいった。それに従う気はピンフォールド氏に毛頭なかった。「水が恐いんでしょう」

「あの俳優のことはすっかり知っているんだからね」とピンフォールド氏はいった。「あのエンジェルの友だちで、自分の部屋で首をくくった俳優のことをさ」

彼が相手はエンジェルであることを知っていることをいったのはそれが初めてで、その効果は覿面《てきめん》だった。エンジェルのそれまでの嬉しそうなようすはどこかへ行ってしまって、「なぜわたしのことをエンジェルと呼ぶんだ」と彼は興奮していった。「どういう意味なんだ、それは」

「それがおまえの名前なんじゃないか。おまえがBBCのためにやっている仕事のことも知っている」——これは嘘だった。——「おまえがセドリック・ソーンにしたことも、わたしにしようとしていることも知っているんだ」

「嘘だ。おまえは何も知っちゃいない」

「嘘つき」とゴヌリルがいった。

「ギルバートは馬鹿じゃないってわたしがいったでしょう」とマーガレットがいった。

本部が急に静かになった。ピンフォールド氏は船室の寝台にもどって、給仕が朝の紅茶を持ってくるまで眠った。エンジェルがすぐに彼に話しかけてきて、それが前よりもだいぶ、おとなしい口調でだった。「ね、ギルバート、あなたはわたしたちのことで思い違いをしているんだよ。わたしたちがしていることはBBCとは関係がないんで、まったくわたしたちだけの考えでこういうことをやっているんだ。セドリックのことは、あれはわたしたちのせいじゃないんで、わたしたちの所にきたときにもう手遅れだったんだよ。ほんとうにできるだけのことをしてやったんだけれど、駄目だったんだ。なぜ、返事をしないんだ、ギルバート。聞こえないのか。なぜ、返事をしないんだ」

しかしピンフォールド氏は黙っていた。彼は事態の全貌がようやく解りかけてきていた。

ピンフォールド氏は自分がどうしてしまいにその謎を解くに至ったか、その筋道を自分にも、だれにも完全に説明することはついにできなかった。彼は実にいろいろなことを聞き、また聞かされ、水も洩らさないぐあいに推理し、何かと迷わされ、およそおかしな思い違いをするのを重ねてきたが、今度こそ真相をつかんだという確信を得て、机に向かって妻に長い手紙を書いた。

電報でいったとおり、からだの痛みはすっかり直った。その点ではこの航海は成功だったが、この船に乗っていられなくなったわけがあって、ポート・セードで降りてセイロンまで飛行機で行くことに決めた。

リッチポールに放送のことで鬚を生やした変な男がきたのをあなたも覚えているだろうと思う。それが仲間のものとアデンまで行くのでこの船に乗っていて、行った先でアラビア音楽を録音することになっている。あの変な男はエンジェルといって、鬚を剃ったので初めはわたしも気がつかないでいた。その家族も何人かいっしょで、妹というのは悪くないが、これはただいっしょにきたのだと思う。この人たちはわたしたちの近所にいる大勢の人たちと親戚のようで、そのことをあなたのほうで調べてもらいたい。このBBCの連中は船でわたしに非常な迷惑をかけていて、船にいろいろな機械を持ち込んできているのが大部分は新しい、まだ実験の段階にあるものなのだ。その中に、要するにレギー・アプトンの箱をもっと発達させたものがあって、わたしはもうけっしてあの拳闘家の悪口はいわないことにした。あの箱はレギーが考えているよりももっと大変なもので、エンジェルのは口もきくし、人がいっていることを聞くこともできる。わたしは今、夜と昼の大部分を顔を見たこともない人たちと話をして過ごしている。その連中はわたしを精神分析しようとしていて、そんなことと思うだろうが、ドイツで戦争の終わりごろに捕虜を訊問《じんもん》するのが目的でこの箱の研究をやっていて、それがロシアで完成した。これだと昔のように相手を肉体的に痛めつける必要がなくて、どんな頑固な相手でも、頭の中で考えていることが解ってしまう。パリの実存主義者たちが最初にこれを精神分析されるのを承知しない人たちに使って、そのやり方は、まずいろいろなひどいことが実際に起こっているのだと相手に思わせて頭を混乱させ、しまいに箱が伝える音波とほんとうの音の区別がつかなくさせる。それから根も葉もないことを持ちだして詰問して相手がなんでも受け入れる状態になったところで精神分析を始める。それでお解りのとおり、この機械を使うのが碌《ろく》でもない人間のときはその結果はひどいことになって、エンジェルは碌でもない人間なのだ。まったくの素人で、思いあがった馬鹿なのだ。あのホテルにわたしの切符を持ってきた若い男はわたしの生命の電波を測るためにきたのだということが解った。そんなことは船でもできそうに思えるが、測ってからそれに合わせた機械の部分品か何かをロンドンで手に入れなければならないのかも知れない。それは解らなくて、今度のことについてはまだ解らないことがたくさんあるが、英国にもどったら調査を頼むつもり。こういう目に会ったのはわたしが最初ではなくて、ある俳優がそのために自殺し、ロジャー・スティリングフリートもこれをやられたのではないかと思う。ほかにも、われわれの友だちでこのごろようすが少し変なのの中にはエンジェルにこうした目に会わされたのが何人かいるにちがいない。

しかしとにかく、連中はわたしに対しては失敗して、わたしはその正体を見抜いた。ただわたしに仕事をさせられなくしただけで、それでわたしはこの船で行くのはやめることにした。わたしはまっすぐにコロンボに飛んでギャルフェース・ホテルに行き、どこか山の中で静かな所を探す。この手紙がつくころにわたしもコロンボにつくはずで、そうしたら電報を打つ。

G

「それをだすんじゃないだろうね、ギルバート」とエンジェルがいった。

「もちろん、だす。ポート・セードから航空便で」

「そんなことをしたら大変なことになる」

「だからだすんだ」

「あなたはわたしたちがしている仕事の意味が解らないらしい。『カクテル・パーティー』を見ただろう。あの第二幕を覚えていないか。わたしたちはあすこに出てくる人たちと同じなんだ。何人かのものが善をなすために集まって、秘密を守ってどこにでも行ってだれにも知れず――」

「おまえは身のほどを知らないおせっかいだ」

「ギルバート――」

「ギルバートなんていうのもよせ」

「ギルバート」

「ピンフォールドさんといえ」

「ピンフォールドさん、あなたの扱い方についてこっちに手落ちがあったことは認めます。その手紙を破いてくださりさえすれば、もうあなたに何もしませんから」

「こっちが何もできなくさせているんじゃないか、エンジェル。馬鹿いうな」

「この仕返しはきっとしてやるから、ギルバート」とゴヌリルがいった。「あなたもそれは解っているんでしょう。わたしたちはけっしてあなたを離さないから。あなたはもうこっちのものなんだから」

「うるさい」とピンフォールド氏はいった。

彼は敵を制圧していた。彼はいわば、赤十字に保護されているときにまったく不馴れの野蛮な武器で不意打ちされ、それでも立ち直って敵を潰走させたのだった。敵の大規模な作戦は完全な失敗に終わって、それから先、敵は遠くから狙撃《そげき》することしかできなかった。

それをその船でピンフォールド氏が過ごした最後の二十四時間、敵はしつづけた。ピンフォールド氏は野次ったり、威かしたり、なだめすかしたりする声に包まれて用事を片づけて行き、事務長に会って船を降りることにしたことを話し、電報を打ってコロンボ行きの飛行機の席を予約した。

「行けやしないよ、ギルバート。船から降りられなくて、船医がおまえを監視しているんだから。おまえは気が違っているから、船医がおまえを病院に入れることになっているんだよ、ギルバート。……おまえは金がないじゃないか。どうやって車を雇うんだ。……おまえの旅券の期限は先週で終わったんだ。……エジプトじゃ旅行者用小切手が通用しないんだからね……」「ドルを持っているんですってさ」「それも違法で、持っているのならそのことを申告しなきゃならないんだ。だから、やっぱりつかまるさ」「武装地帯を通れやしないよ、ギルバート」というのは、これは一九五四年のことだったのである。「軍隊がおまえを追い返すよ。それにエジプト側のテロが運河に沿って行く車に爆弾を投げているんだ」

ピンフォールド氏は敵の武器を使って反撃に出た。向こうがいうことはいや応なしに聞こえてきたが、こっちがいうことも向こうに聞こえないではいないのだった。敵は彼の感情を探知することはできなくても、言葉の形を取った彼の考えはすべてエンジェルの本部に聞こえて、その連絡を断つ方法がないようだった。ピンフォールド氏は敵をやり切れなくさせる手段を思いついて、船の図書室からキングスレーの『西へ』を借りだし、何時間も、何時間もゆっくり読んで行った。初めのうちはゴヌリルが彼の発音を直そうとし、エンジェルはピンフォールド氏がある言葉をほかの言葉よりも力を入れて読むのに心理学的な意味を見いだすようなことをいっていたが、一時間もすると二人とももうそんな芝居をする元気もなくなって、彼にやめてくれと懇願した。

今度はピンフォールド氏が二人を苦しめる番になって、彼はさらにこの小説の文章を一行おきに読んだり、一語おきに読んだり、逆に読んだりして滅茶苦茶にし、二人がいくら哀願しても、彼は知らん顔をしてそれを二時間、三時間とつづけた。

最後の晩には、彼はエンジェルとゴヌリルを除いて他のだれをも受け入れる気分になっていた。彼が船から降りることが船客のあいだに伝わって、その中を歩きまわっていて聞こえてくるそういう人たちの話には、彼がいなくなるのを惜しむ感じがこもっていた。

「エンジェルさんがあんな遊戯をやったためなのかしら」とベンソン夫人がいっているのも聞こえた。

「わたしたちに対してすっかり気を悪くしていらっしゃるらしいの」

「それは当り前ね。わたしも今はあんなことをするのをよしておけばよかったと思っている」

「それにちっともおもしろくなかったし。わたしはほんとうは初めからあいうことをする意味が解らなかったの」

「それにずいぶん、無駄な金をお使いになることになったわけでしょう。あの方は金を持っていらっしゃるからいいかも知れないけれど、それでもね」

「あの方についてみんながいっていることの半分もほんとうにはしていなかった」

「もっとお近づきになっておけばよかった。あれはほんとうはとてもいい方らしいのよ」

「あれは立派な方なのに、わたしたちは躾《しつけ》が悪い子供のようなことをやったんですから」

もう船客がいっていることには憎悪も嘲笑も感じられなかった。その晩、彼は食事が始まる前はスカーフィールド夫婦がいるほうへ寄って行った。

「あと二日もすれば暑くなりますね」とスカーフィールド夫人がいった。

「わたしはもういませんけれど」

「だって、コロンボまでいらっしゃるんじゃなかったんですか」

彼は予定を変更したことを説明した。

「まあ、それは残念な」と夫人は本気と解る顔つきでいった。「ほんとうにだれかと親しくなれるのはポート・セードを過ぎてからですのに」

「今晩はあなたたちのテーブルに行きましょう」

「どうぞ、そうなさって。あなたがいらっしゃらなくなってみんな、寂しがっていたんですから」

それでピンフォールド氏は船長のテーブルにもどり、みんなのためにシャンパンを注文した。それまで船長のほかは、だれも彼が翌日船を降りることを知らないでいたのだった。彼にとっては大変だったその航海中、この幾人かの人たちだけは孤立して、何が起こっているのか気づかずにいた。ピンフォールド氏はまだ船長だけは、どう取ったものか解らないでいた。この穏やかな人柄の船乗りはその想像力の限界を越えた出来事の連続を見ぬ振りをしてとおしてきたのである。

「せっかく、おからだの調子がよくおなりになったというのに、ここでお別れするのは残念ですね」とその船長がグラスをあげていった。「気持ちのいい飛行をなさることを祈ります」

「急用でもおできになったのですか」とグローヴァーが聞いた。

「いいえ、ただ早く向こうにつきたいだけなんですよ」とピンフォールド氏は答えた。

彼はみんなと食事の後もいっしょにいて、グローヴァーがコロンボの仕立て屋や、原稿を書くのに適した山地の涼しいホテルなどについていろいろと教えてくれた。「キャリバン」号は翌朝早くポート・セードに入港することになっていて、だれもが忙しいことは解っていたから、ピンフォールド氏は船室にもどる前にみんなに別れを告げた。

そこへ行く途中で彼は色が黒い男のマードック氏に会って、二人は立ち話をした。マードック氏は気さくに、北方訛《なま》りが強い英語で話した。

「事務長から聞いたんですが、あなたは明日この船をお降りになるそうじゃありませんか」と彼はいった。「わたしもなんですが、カイロまでどうやっていらっしゃるんですか」

「まだ考えてませんが、汽車で行くのはどうでしょうか」

「あなたはエジプトの汽車に乗ったことがおありですか。恐ろしく汚くて遅いんですよ。わたしの会社が車を寄越してくれることになっているんですが、どうです、それでいらしたら」

それで二人はいっしょにカイロまで行くことになった。

まだ夜はエンジェルとゴヌリルのものだった。「マードックは信用できない」と二人は囁《ささや》いた。「あれはあなたの敵なんだから」船室にいてはどうにもならないので、ピンフォールド氏は甲板に行き、ポート・セードの貧弱な燈台を探してその光が見え始め、総《ふさ》がついた赤い帽子をかぶった役人を大勢連れて水先案内がランチから船に乗り込んできて、そんな時間でも客引きや土産品の行商がうようよしている埠頭《ふとう》が見えてくるまでそこにいた。

早朝の混雑と、何人もの役人とのやり取りの合間に、ピンフォールド氏はゴヌリルとエンジェルがまだ何かいって、彼が船を降りるのを邪魔しようとしているのに気がつくことがあったが、彼が舷門から降りて行くともう何もいわなくなった。ピンフォールド氏は前にも何度かこの港に寄ったことがあって、そのポート・セードに愛情を覚えることになるなどとは思ってもみなかったが、その日にそれを覚えた。彼は髭が剃ってない役人たちが煙草を吹かしながら彼の人相と旅券と荷物を点検しているあいだ、辛抱強く待っていて、幾種類かの法外な賦課《ふか》金を気持ちよく払った。マードック氏を出迎えにきた会社の英国人の社員はこういうことをいった。

「……今のところは車で行くのが相当、危険なんですよ。先週もある人がカイロまで車を雇いましてね、その運転手がイスマイリアを通り過ぎるとすぐの村に車をつけて、みんなでその人にかかってきて荷物を全部取っちまったんです。それから着ていたものね。そのうちに警察がその人を保護したときは真っ裸で、警察の連中は命が助かったのをありがたく思えっていうだけなんですよ」

しかしピンフォールド氏は平気だった。彼は妻に書いた手紙をだし、カフェーでマードックとビールを一本飲み、つぎつぎにやってくる靴磨きに靴を二、三度磨かせた。彼が腰かけている所から「キャリバン」号の煙突が見えたが、船からはなんの声も聞こえてこなかった。それから彼はマードックと車に乗って出発し、船も見えなくなった。

カイロに向かう道は彼が十年前にロメル将軍のドイツ軍が迫っているカイロにいたころよりももっと戦争気分が漂っていた。彼らはどこまでも鉄条網が張ってあるあいだを通り、車を止められるごとに旅券を見せ、軍用トラックが列を作って行く後からその埃《ほこり》を浴びて徐行して行き、どのトラックの尾板にも兵隊が一人、軽機関銃を構えて蹲《うずくま》っていた。運河地帯を離れるときにはもっと長いあいだ待たされて、それまでよりも厳重な検査があり、色が黒くて不機嫌な英国の兵隊がそれとほとんど同じ軍服を着た色が黒くて不機嫌なエジプトの兵隊に変わった。マードックはあまりしゃべらない質《たち》で、ピンフォールド氏は彼一人だけの平和に包まれていた。

戦争中に彼は落下傘《らっかさん》の訓練を受けたことがあって、面目ないことに、最初に落下傘で降りたときに足を折って訓練はそれ切りになったが、飛行機から飛びだした後、意識を取りもどした瞬間の解放感を彼の生涯でもっとも清純で高遠なものの体験としていつまでも覚えていた。その四分の一分ばかり前は、彼は落下傘の装具をからだに縛りつけられて薄暗闇と飛行機の轟音の中で、心配そうな顔をしたほかの素人どもに囲まれて飛行機の床に開いている穴の上に屈み込んでいたのが、指揮官の合図で一瞬、闇に飛び込み、われに帰ると日光が漲《みなぎ》る静寂のうちに、邪魔に思われる綱に支えられてただ一人で漂っていたのだった。辺りを見るといくつもほかの落下傘が彼と同様に揺れている人を支え、地面では教官がマイクをとおして何かと注意を与えていたが、ピンフォールド氏自身はすべて人間との接触から切り離されて彼だけの歓喜に満ちた宇宙にいた。しかしこの陶酔はわずかなあいだしかつづかなくて、自分が浮いているのではなくて急速に落ちて行くのであることがたちまち解り、飛行場が彼に向かって飛びあがってくるようで、その数秒後には彼は綱とこんぐらがり、怒鳴られ、息をならし、からだを打ち、脛《すね》に烈しい苦痛を感じて草の上に倒れていた。しかし空中での孤独な瞬間に、散文的で泥臭いピンフォールド氏はハシシュの常用者やクベレの祭司たちや、カリフォルニアのインド教徒たちとともに、裏口から入った神秘主義に浸っていたので、今、カイロに向かう途中の彼の気分にはそれに劣らないものがあった。

カイロはまだ最近の暴動の跡がほうぼうに残っていて、国王の切手の蒐集《コレクシヨン》を買いにきた切手の商人でいっぱいだった。ピンフォールド氏はホテルの部屋がなくて困ったが、マードックがそれを見つけてくれて、飛行機の座席がなかったのも、マードックのお蔭で手に入れることができた。そして二日目にホテルの受付が医者の証明書や、アラビアで途中止まるのに必要な、ピンフォールド氏がキリスト教徒であるという証明を含めて一切の書類を彼にわたしてくれて、その日の真夜中に立つことが決まった後、マードックはゲジラ区にある彼の友だちの家で晩の食事をするようにピンフォールド氏にいった。

「向こうも喜ぶよ。このごろは英国から出てくるものがほとんどないんだから。それに、ほんとうのことをいうと、わたしもそうしていただけりゃありがたいんで、暗くなってから一人で車を運転して行くのはどうもあまり愉快じゃないんだ」

それで二人は近代的な高級集団住宅の一棟に晩の食事をしに行った。そこの昇降機は故障していて、階段を昇って行くと、エジプトの兵隊が一人、ある戸口の前にしゃがんで、銃をうしろに立てかけてベテルの実をしゃぶっていた。

「あすこに宮様の一人が軟禁されているんだ」とマードックがいった。

行った先の夫婦は二人を温かく迎えてくれた。ピンフォールド氏が見まわすと、そこの応接間は東洋での長い滞在のうちに集められた骨董品その他で飾られていたが、炉の上には戴冠式のときの正装をした英国の貴族の写真が枠にはいっていた。

「あれはサイモン・ダンブルトンじゃありませんか」

「ええ、わたしたちの友だちの一人なんです。ご存じですか」

それに彼が答えられる前に、この気楽な集まりで別な人間の声が聞こえた。

「知っちゃいないのに、ギルバート」とゴヌリルがいった。「嘘つき。気取り屋。あなたはあれが貴族だもんだから知っている振りをしているんでしょう」

8　ピンフォールド氏の回復

ピンフォールド氏はそれから三日目にコロンボについた。

彼は飛行機の中ではインドのパルシー教徒が一人、からだを投げだして鼾《いびき》をかくわきでほとんど眠れない一夜を過ごし、翌日の夜はボンベイのものすごく大きくて酒を飲ませないホテルで同じくほとんど眠れずに過ごした。そのあいだ、昼夜の別なくエンジェルとゴヌリルとマーガレットが銘々の話しぶりで彼に話しかけてきて、ピンフォールド氏はいうことを聞かない子供たちの母親が、子供たちが駄々をこねるのをよそに仕事をつづけるのに似た状態になっていたが、ただ彼は何もすることがなくて、どこかで自分が少しも欲しくない食事がくるのを待って時間を過ごしているだけだった。彼は退屈のあまりにマーガレットと口をきくことがあって、マーガレットからそれまでの陰謀の内容についてさらにいろいろと聞かされた。

「まだ船にいるのか」

「いいえ、アデンで降りたんです」

「みんながか」

「ええ、三人とも」

「それじゃほかの人たちは」

「初めからそれだけしかいなかったのよ、ギルバート、兄と義理の姉と、それからわたししか。わたしたちの名前が船客名簿に載っていたのを見たでしょう、エンジェル夫妻、およびエンジェル嬢って。あなたはご存じだと思っていたのに」

「しかしあなたのお父さんとお母さんは」

「英国にいます。――リッチポールのすぐ近くなの」

「船に乗っていたんじゃないのか」

「あなたって解らないのね。あれは兄がそういう声をだしていただけなの。兄は声帯模写がうまくって、それでBBCで取ってくれたんです」

「そしてゴヌリルがあなたの兄さんの奥さんで、船長とは何もなかったんだな」

「もちろんそうよ。あれはいやなやつだけど、そんなふうにではなくて、ああいう筋書きにしたのも初めからの計画の一部だったの」

「それで少し解ったような気がする。とにかく、なんとも奇妙な話なんだからね」ピンフォールド氏は疲れた頭でそのことと取り組もうとして諦め、「アデンで何してるの」と聞いた。

「わたしは何もしてないの。あの二人は仕事があるからいいけれど、わたしはそうじゃないんですもの。あなたと時どきお話ししていいかしら。わたしは頭は悪いけれど、うるさくはしないように気をつけますから。一人でいるのがやり切れないんですもの」

「人魚を見に行ったらどうなんだ」

「それ何」

「アデンのホテルの一つに人魚が剝製《はくせい》になって箱にはいってたもんだけれど」

「からかわないで、ギルバート」

「からかってなんかいない。それに、あなたがわたしにからかうなんていうことをいうのはおかしいね。なんだ、それは」

「あなたはお解りにならないのよ。わたしたちはあなたを助けたかっただけなのに」

「わたしがいつ助けてくれなんていった」

「怒らないで、ギルバート。少なくとも、わたしはね。それに、あなたがご病気だったのはほんとうでしょう。あの二人はそういうのを何度も直しているんですもの」

「しかしわたしに利かなかったのは今ならばあなたにでも解るだろう」

「そう、ちっとも利かなかったのね」とマーガレットが悲しそうにいった。

「それならばやめたらよさそうなものじゃないか」

「もうやめなくてよ、あの二人はあなたが憎くてしかたがないんだから。そしてわたしもよ、わたしはそれほどあなたを愛しているの。だからわたしを憎まないで」

カイロからコロンボまでピンフォールド氏は時どきマーガレットと話をしたが、エンジェル夫婦がいうことにはいっさい答えなかった。

ピンフォールド氏はセイロンは初めてだったが、なんの期待も感じることができなかった。彼は疲れていて汗だらけで、着ている服がセイロンの気候に合わず、ホテルに荷物を置いてから最初にしたことは、グローヴァーに教えられた仕立て屋を探しだすことだった。その仕立て屋は夜明かしで仕事をして翌朝、仮縫いに三着の服を持ってくることを受け合った。

「あなたのように太っていて、そんなの着たらおかしいでしょう。第一、はいりゃしない。……払う金がないくせに。……仕立て屋は嘘ついているんですよ。あなたの服なんか作るもんですか」とゴヌリルが飽きもせずに言いつづけた。

ピンフォールド氏はホテルにもどって、妻に手紙を書いた。「無事着。コロンボではたいして見るものも、することもないらしい。ここで頼んだ服ができあがりしだい、どこかよそに行くつもり。それでも仕事のほうのことは解らない。せっかく、船を降りたのに、これはわたしの計算違いだった。例の精神分析の連中とその装置を振り切ったつもりでいたのに、インドを横切ってまだわたしの邪魔をしている。この手紙を書いているあいだも何かいっていて、本のほうは諦めなければならない。その生命の波というのを切る方法があるはずで、英国に帰ってからウェストマコット神父にそのことを相談しようかと思う。あれは実存主義だとか、精神分析とか、幽霊とか、悪魔に憑かれるとかいうことはなんでもよく知っている。わたしはほんとうに悪魔がわたしをこんな目に会わせているのではないかと思うことがある」

　彼はこの手紙を航空便でだしてからテラスに行き、そこの椅子に腰をおろして、そのころから市場に出始めた安ものの自動車がホテルまで人を送ってきては去って行くのを眺めていた。ここではボンベイと違って飲むことができて、彼は壜詰めの英国のビールを注文した。そのうちに空が暗くなってきて、雷雨になり、彼はテラスから天井が高いホテルの廊下に移った。ピンフォールド氏の年ごろになると、大勢のものが集まっているうちに、たいがいだれか知っている人間がいるものである。そこの人がたえず行ききする廊下で彼はニューヨークに住んでいる知人に会い、これはある美術館のために美術品を集めている人間で、セイロン島の反対側にあるある都市の廃《はい》墟《きょ》を見に行く途中だった。これがピンフォールド氏にいっしょにくるように誘った。

　ちょうどそのとき、もの腰が優しい給仕がやってきて、「電報です、ピンフォールドさん」といった。

　それはピンフォールド氏の妻からのもので、「スグオカエリネガウ」という文句だった。

そういう書き方をするのはピンフォールド夫人らしくなかった。病気にでもなったのだろうか。それとも、子供の一人だろうか。あるいは、家が火事で焼けたのだろうか。それならばそれで何か説明がつくはずだった。これはこっちのことが心配になっているのではないかということがピンフォールド氏の頭に浮かんだ。彼がポート・セードから送った手紙に何か妻の気にかかるようなことを書いたのだろうか。ピンフォールド氏は、「ゲンキデイル。マモナクカエル。イサイフミ。ハイキヨヲミニユク」という返電を打って、ニューヨークの友だちの所にもどってきた。二人は気が合って共同の友だちや過去の経験があったから、愉快に晩の食事をした。またその晩中、何か耳に聞こえてはいたが、ピンフォールド氏はエンジェル一家のことを忘れていることができて、夜遅くホテルの部屋で一人になってようやく声がまたはっきり聞こえ始めた。「聞いていたよ、ギルバート。おまえはあのアメリカ人に嘘をついていたな。おまえはラインベックに泊まったこともなければ、マニヤスコなんて聞いたこともないし、オスバート・シットウェルに会ったこともないだろう」

「まったくうるさいやつらだな、おまえたちは」とピンフォールド氏はいった。

廃墟はコロンボよりも涼しかった。そこの木が影を作っている道や、灰色の象がいたり、黄色い法衣を着た坊さんたちが埃《ほこり》の中をゆっくり歩いていたりする眺めには何か新鮮なものがあった。

ピンフォールド氏とその友だちは英帝国の時代からあるいくつかの駅舎に泊まり、その時代からいるそこの召使たちがまめに面倒を見てくれた。ピンフォールド氏は愉快だった。二人は帰りにキャンディーのお寺に寄って、釈迦《しゃか》の歯が恭《うやうや》しく安置してあるのを見た。セイロン島にはもうそのほかに見るものがないようで、そのアメリカ人はそこからさらに東に行くことになっていたから、四日後に二人は初めに顔を合わせたコロンボのホテルまできて別れた。ピンフォールド氏はまた一人になり、それまでの退屈な状態にもどった。ホテルに仕立て屋から何着かの服と、それから、「オテガミニツトモハイケン、オムカエニユク」という妻の電報が届いていた。

その電報はその日の朝、リッチポールから打ったものだった。

「奥さんが大嫌いなんだからね」とゴヌリルがいった。「あなたは奥さんといるのがいやでしょうがないんでしょう、ギルバート。また奥さんと顔を合わせるのかと思うとうんざりするんでしょう」

それで彼は急に思い立って、「コレカラカエル」という電報を打ち、その準備を始めた。

その三着の服は桃色がかった薄い茶色の生地でできていて（「あなたにほんとうによく似合う」とマーガレットがいった）、結構役に立ち、コロンボから始めてピンフォールド氏は毎日取り換えて着た。

コロンボについたその最初の日は日曜日で、彼は病気になって以来初めて弥撒《ミサ》に行った。そうすると声が追ってきて、タクシーが間違えて聖公会の教会の前で止まると、「……同じことじゃないか、ギルバート。どっちみち神様なんてありゃしないのに決まっているんだから。おまえは神様なんか信じていやしないじゃないか。ここは見せびらかす相手がいないんだからね。だれもおまえがするお祈りなんか聞きやしないよ、――わたしたちのほかはね。わたしたちは聞くさ。おまえはわたしたちから逃げられますようにって祈るんだろう。そうだろう。それをわたしたちが聞いて、おまえはけっしてわたしたちから逃れられないんだから。わたしたちがおまえは逃がしやしないんだから、ギルバート……」しかし偶然、聖マイクル、並びに天使《エンジエルス》たちという名前の小さなカトリックの教会の薄暗くて人が大勢つめかけている内部までついてきたのはマーガレットだけで、マーガレットは弥撒を知っていてラテン語の頌歌《しょうか》を優しい声ではっきりいった。それから使徒書と福音書が英語で読まれ、短い説教がそれにつづいて、その説教のあいだにピンフォールド氏は、「あなたはカトリックなのかね、マーガレット」と聞いた。

「ある意味ではね」

「どんな意味でなんだ」

「それはいっちゃいけないことなの」

マーガレットは彼といっしょに立って使徒信経を暗誦し、聖体奉戴で鐘が鳴らされると、「あの人たちのために祈って、ギルバート。それがあの人たちには必要なんだから」といった。しかしピンフォールド氏はエンジェルとゴヌリルのために祈る気になれなかった。

月曜に彼は帰りの飛行機の切符を買い、火曜にまたボンベイでなんとも退屈な一晩を過ごし、水曜の晩にカラチで冬服に着換えた。そこまでくる途中の海のどこかで「キャリバン」号とすれ違ったのかも知れなかったが、飛行機の進路はアデンから遠く離れていた。この回教の世界を越えて憎悪の声がピンフォールド氏を追ってきて、キリスト教の世界にきてエンジェルが調子を変えた。ローマでピンフォールド氏が朝の食事をしているとき、かなり上手な英語を話す給仕にかなり下手なイタリア語で話しかけた。この気取りをゴヌリルは見逃さなくて、

「英語話せないあるね」とさっそくからかった。「坊さんに接吻するね、何もしないでいい気持ち、ドルチェ・ファル・ニエンテ」

「もうよせ」とエンジェルが急にいった。「駄目だよ、もうそんなことといくらいったって。ギルバートと話をしなけりゃならないんだ。ねえ、ギルバート、あなたと相談したいことがあるんだ」

しかしピンフォールド氏は返事しなかった。

飛行機がパリに向かっているあいだじゅう、エンジェルは何度もその調子でピンフォールド氏に話しかけてきた。

「ねえ、ギルバート、このままにしておくわけに行かないんだよ。早くしないと、もう時間がないんだ。ねえ、ギルバート、わたしがいうことを聞いてくれないかね」

その声が初めはただ親しげだったのが追従の調子に変わり、しまいに哀願になって、前は明らかに教育がある人間の声だったのが今はピンフォールド氏がリッチポールでエンジェルに会ったときに聞いた下積みの人間の心にもどっていた。

「兄と話してやってくださいね、ギルバート」とマーガレットがいった。「ほんとうに困っているんですから」

「そりゃそうだろう。もしわたしと話がしたいのなら、ちゃんとわたしをピンフォールドさんと呼んだらどうなんだ」

「それじゃ、ピンフォールドさん」とエンジェルがいった。

「そう。それで、どういう話なんだ」

「わたしはお詫びがしたいんですよ。せっかくの計画がこんなことになっちまったのを」

「こんなことも何もないもんだ」

「初めは真面目な科学的な実験だったんです。それをわたしは個人的な感情に駆られて駄目にしてしまったんです。わたしはそのお詫びがいいたいんです」

「それなら、もうやめたらいいだろう」

「そのことなんですよ。ねえ、ギル、――いや、ピンフォールドさん、こうしませんか。わたしは装置を止めて、わたしたちのうちのだれもうけっしてあなたにご迷惑はかけないことをお約束しますから、その代わりに英国にお帰りになってからわたしたちのことは黙っていてくださいませんか。ただそれだけなんです。もしこのことが外に洩れたらわたしたちの仕事は台なしになってしまうんですから。黙っていてさえくだされば、わたしたちもうけっしてご迷惑をかけません。奥様には、あの灰色の錠剤がいけなくていろんな音を聞くようになったとおっしゃればいいでしょう。なんとおっしゃってもかまいませんが、もうすっかりよくなったっておっしゃってください。奥様はそれをお信じになるでしょうし、お喜びになるに決まっています」

「考えておこう」とピンフォールド氏はいった。

彼はそのことについて考えた。この相談に乗りたい気がしないでもないことは確かだったが、エンジェルを信用することができるだろうか。この男はＢＢＣに苦情を持ち込まれるかも知れないのでびくびくしているのだった。――

「ＢＢＣじゃないのよ、ギルバート」とマーガレットがいった。「それを兄が心配しているんじゃないの。あすこの人たちはこの実験のことを知っているんですけれど、困るのはレギー・グレーヴス・アプトンなの。あれが知ったら大変で、あの人はわたしたちの従兄なんでね、すぐに叔母やわたしたちの両親に伝わって、そうしたら大騒ぎになるんですから。ね、ギルバート、だれにもいわないって約束して、ことにレギーには」

「そしてあなたはどうなんだ、メッグ」とピンフォールド氏はからかい半分ではあっても優しく聞いた。「あなたもわたしと縁を切るのか」

「ギルバート、これはもうそんなことじゃないのよ。わたしはあなたといるのがほんとうに嬉しくて、これからひどく寂しくなることは解っています。わたしはあなたのことはけっして忘れなくて、兄が装置を止めてしまったら、きっと死ぬでしょうね、わたし。でも、それはしかたがないんだから。わたしは泣き言はいわないことにする。兄の相談に乗ってちょうだい、ギルバート」

「ロンドンにつくまでに返事する」とピンフォールド氏はいった。

そのうちに飛行機は英国の上空に差しかかった。

「それで、どうです」とエンジェルがいった。

「ロンドンにつくまでにといった」

やがてロンドンの空港についた。「帯をつけてください、禁煙」

「さあ、ついた」エンジェルがいった。「ご返事は」

「まだロンドンじゃない」とピンフォールド氏はいった。

彼はローマから妻に宛てて、ロンドンでいつも泊まるホテルに行くという電報を打っていた。

そしてほかの乗客といっしょにバスに乗って行く代わりにタクシーに乗った。それからしばらくしてアクトン区を通っているときに、彼は初めてエンジェルに、

「あの相談は断わる」といった。

「だって、そんな」とエンジェルはひどく狼狽しているのを少しも隠そうとしないでいった。

「なぜなんです、ピンフォールドさん」

「第一に、おまえを信用しないから。おまえは信用できるような人間じゃない。次に、おまえとおまえの奥さんがわたしは嫌いだから。おまえたち二人わたしに非常に不愉快な思いをさせて、わたしはそれをそのままではおかないつもりなんだ。第三に、わたしはおまえがやっていることを極めて危険な性質のものだと考える。おまえは一人の男を自殺させて、そのほかにもまだあるかも知れない。わたしに対してもおまえはそれをやろうとした。おまえがロジャー・スティリングフリートにどんなことをしたか解ったもんじゃないし、この次にだれに何をするかっていうこともある。わたしは個人的な感情とは別に、おまえを駆除すべき公害と考えているんだ」

「いいさ、ギルバート、おまえがもっとひどい目に会いたければ――」

「ギルバートはよせ。そして映画のギャングのような口のきき方をするのも」

「よし、覚えてろ、ギルバート」

しかしエンジェルはそういう捨て台詞《ぜりふ》にも凄味をきかせることができなくて、自分の負けであ

ることを知っていた。

「奥様が一時間ばかり前におつきになりまして、お部屋で待っていらっしゃいます」とホテルの受付がいった。

ピンフォールド氏が昇降機でその部屋がある所まで行き、廊下を歩いて行って部屋の戸を開けるまでエンジェルとゴヌリルがなりつづけて、妻と顔を合わせたときにピンフォールド氏は躊《ため》いを感じた。

「見たところはお元気そうね」と妻はいった。

「いや、もう元気なんだよ。ただ手紙に書いたことがあるだけなんだが、これも近いうちに片づくと思う。あなたにこんなによそよそしくしたかないんだけれど、なんでも自分がいうことを三人のものが聞いているっていうのは楽じゃないんだ」

「それはそうでしょうね」とピンフォールド夫人がいった。「お昼は」

「もう何時間も前にパリで食べた。もっとも、一時間ばかりの時差があるけれど」

「わたしはまだだから、何かここに持ってきてもらう」

「奥さんがいやでしょうがないんでしょう」とゴヌリルがいった。「いっしょにいるのがやり切れないんでしょう」

「奥さんがいうことはみんな嘘だと思え」とエンジェルがいった。

「綺麗な方ね」とそれでもマーガレットはいった。「それにあなたに親切になさるし。でも、あなたにはもっといい奥さんがなければ。わたしが焼き餅を焼いているとあなたに思われてもしかたがないの、ほんとうなんだから」

「こうして黙りこくっていてあなたには悪いんだが」とピンフォールド氏はいった。「あいつらがひっ切りなしにわたしに話しかけるもんだから」

「それは辛いでしょうね」とピンフォールド夫人がいった。

「辛いよ」

給仕が食事を盆に載せて持ってきて、出て行くと、「あなたはそのエンジェルさんというののことで思い違いしていらっしゃるのよ」とピンフォールド夫人がいった。「あなたの手紙をいただいてすぐにＢＢＣのアーサーの所に電話をかけてみたら、そのエンジェルという人はずっと英国にいるっていうことなんですもの」

「嘘だ。奥さんは嘘ついているんだ」

ピンフォールド氏は愕然《がくぜん》とした。

「それは確かなんだろうね」

「自分で聞いてごらんになったら」

ピンフォールド氏は受話器のほうに行って、ＢＢＣの放送部の幹部でアーサーという友だちがいるのを呼びだした。

「アーサー、ほら、夏にわたしの所にきたあのエンジェルという男だがね、あれはアデンまで出張で行ったんじゃなかったのかね。……ない。今も英国なのか。……いや、話がしたいんじゃないんだ。……船であれによく似た人がいたもんだから。……さよなら。……これはいったい、どういうことなんだ」と彼は妻にいった。

「ほんとうのことを打ち明けると」とエンジェルがいった。「わたしたちは船になんか乗っていなくて、英国のスタジオから操作していたんだ」

「英国のどこかからそういう実験をやるっていうこともあるわけだ」とピンフォールド氏はいった。

「そんなこと」とピンフォールド夫人がいった。「だれもそんなことをしていはしなくて、全部があなたの想像なんですよ。わたしは念のために、あなたが手紙でおっしゃったようにウェストマコット神父さんの所に聞きに行って、そうしたら、そんなことはあり得ないんですって。ナチスの秘密警察も、ＢＢＣも、実存主義者たちも、精神分析の人たちもそんなものは発明していないんだって」

「そんな箱なんかないのか」

「ないの」

「嘘よ。嘘ついているのよ。嘘」とゴヌリルがいったが、どこか遠い所へ持って行かれでもしているように、その一言ごとに声が薄れて、最後は石板に書く石筆の音ぐらいにしか聞こえなかった。

「つまり、わたしが聞いたつもりでいたことはみんな、わたしが自分にいってたんだっていうんだな。そんなことがあるだろうか」

「ほんとうなのよ」とマーガレットがいった。「わたしには兄も、義理の姉も、親も、何もないの。……わたしはいないのよ、ギルバート、どこにもいやしないのよ。……でもわたしはあなたを愛しているの、ギルバート。わたしはいないけれど、愛しているの。……さよなら。……愛……」そしてマーガレットの声も低くなり、囁《ささや》きに、また、溜息《ためいき》に、また、枕が擦れる音になって、やがて消えた。

ピンフォールド氏はその沈黙の中でそこに腰かけていた。それまでにも解放されたと思って、それがそうではなかったことが何度かあったが、今度はほんとうだった。彼は妻と二人きりでいた。

「あいつらは行っちまったよ」と彼はやがていった。「あの瞬間に。これですんだ」

「そうならばいいけれど。これからそれじゃ、どうしましょう。あなたがどんなぐあいかわかるまでは何も決められなかったもんだから。ウェストマコット神父さんはわたしたちが信用していいお医者さんというのを教えてくださったけれど」

「気違い病院のか」

「精神病学者。——でも、その人もカトリックだっていうことだから、いいんじゃないかしら」

「いや、精神病学はもうたくさんだ」とピンフォールド氏はいった。「食堂車がついている汽車で帰って、そこでお茶にしようか」

ピンフォールド夫人はすぐには返事しなかった。彼女は夫を入院させるつもりでロンドンまできていたので、「だれかお医者に見ておもらいにならなくていいの」といった。

「ドレークさんに見てもらってもいい」とピンフォールド氏はいった。

それで二人はパディングトン駅に行き、汽車の食堂車に席を取ると、二人の家の近所にいる人たちでロンドンに買いものをしに出てきたのが大勢いた。二人は、菓子パンにバタをつけて焼いたのを食べて、外の景色は見馴れたものだったが、暗くて窓ガラスが曇っていて何も見えなかった。

「きみは熱帯に行ったんじゃなかったのか、ギルバート」

「今そこからもどってきたところなんだ」

「早かったね。退屈したのか」

「いや」とピンフォールド氏はいった。「退屈するどころか、実におもしろかったんだ。しかしそれももうあれくらいでいいと思って」

近所の人たちのあいだでは、ピンフォールド氏は前から一種の変わりもので通っていた。

「ほんとうにおもしろかったんだ」とピンフォールド氏は駅からの車の中で妻と二人きりになってからいった。「あんなおもしろい思いをしたことはないんだよ」とそれから何日かかかってそれまでの長い試練の一部始終を妻に話して聞かせた。

立つときの厳寒が霧と時どき、霙《みぞれ》が降るのに変わって、家の中は相変わらず寒かったが、ピンフォールド氏は炉の前に屈み込み、悪戦の後に勝って帰ってきた戦士のように、それまでの艱難《かんなん》や忍苦や力闘を思いだしているだけで満足だった。彼が踏み込んだ奇妙な世界からはもうなんの音も聞こえてこなかったが、その記憶はひどくはっきりしていて、その点で彼が正気のときに起こったどんな事件とも少しも変わらなかった。「しかしわたしに解らないのは」と彼はいった。

「もしエンジェルの一家がしゃべったことがみんな、ほんとうはわたしが自分でいっていたことなら、なぜそれがあんな出鱈目《でたらめ》ばかりだったかということなんだ。つまりさ、もしわたしが自分をやっつけるつもりなら、もっとひどくて、そして筋が通ったことがいくらでもいえたはずじゃないか。変だ」

ピンフォールド氏にはそれが今でも解らず、またそれを納得が行くぐあいに説明できたものもいない。

「わたしはもう少しでエンジェルの申し出を承知するところだったんだからね」とそれから何日かたったある晩、彼はまたいった。「そしてもし承知して声が聞こえなくなったら、わたしは今でもあの装置だか、箱だかがほんとうにあると思っているわけで、あの騒ぎがいつまた始まるか解らないのを一生、心配していなければならなかった。わたしがいうことや考えることを奴《やつ》らが全部聞いていて、こっちが知らないだけだっていうこともあるしさ。まったくひどい話になるところだった」

「だから、あなたが承知なさらなかったのは立派なことだったのよ」とピンフォールド夫人がいった。

「いや、虫のいどころが悪かっただけなんだ」とピンフォールド氏はほんとうのことをいった。

「それでも、やはり医者に見ておもらいになったほうがいいんじゃないかしら。どうかしていらしったらしいことは確かなんですもの」

「あの錠剤だよ」とピンフォールド氏はいった。

しかしそれも錯覚だった。ドレーク先生がやがてやってきて、ピンフォールド氏は、「あの灰色をした錠剤ですがね、あれは相当強い薬だったようですね」といった。

「とにかく、利いたらしい」と先生が答えた。

「あの薬のせいで幻聴が起こるっていうことがあるでしょうか」

「絶対にありませんね」

「クロラルとブロマイドとまざってもですか」

「あなたにあげた薬にクロラルは入っていませんでしたよ」

「いや、実はあのほかにもわたしは薬を使っていたもんですから」

ドレーク先生はそれを聞いて別に驚いたようでもなかった。「それで困るんですよ」と彼はいった。「患者がこっちに黙って何を使っているか解らないんですからね。それですっかりからだを壊してしまったものもいます」

「わたしの場合もひどかったんですよ。二週間もいろんな声が聞こえてきたんです」

「そして今は聞こえないんですね」

「ええ」

「そのブロマイドとクロラルもおやめになった」

「ええ」

「それじゃ、その原因ははっきりしていますよ。おやめになったほうがいいです、その薬は。何かほかのものをあげましょう。その声ってのは不愉快なものだったんでしょう」

「恐ろしく不愉快だったんです。しかしそれがどうしてお解りになるんです」

「いつもそうなんですよ。そういう声を聞く人がかなりいるんです。——たいがいは不愉快なことをいうのをね」

「だれか専門の先生に見ていただかないでいいんでしょうか」とピンフォールド夫人が聞いた。

「それはもちろん、見ておもらいになるのはいいですよ。しかし明らかに単なる中毒症だとしかわたしには思えませんね」

「それを伺《うかが》って安心しました」とピンフォールド夫人はいった。しかしピンフォールド氏はそれをそう簡単に考えてはいなくて、これは彼の妻も、そしてもちろん、ドレーク先生も知らないことだったが、彼は一つの大きな試練に会って、ただ一人でそれに耐え抜いたのだった。この勝利は、その勝利のわきに死の観念が顔をだしていて、長続きするものは地上に何もないことを彼に教えはしても、やはりこれは祝わなければならないことだった。

次の日は日曜日で、ピンフォールド氏は弥撒《ミサ》から帰ってくると、

「拳闘家にはどうも会う気がしないね」といった。「あいつとあの箱の話ができるようになるまでにはまだ何週間かかかると思う。それで、書斎に火を焚いてくれないか。これから少し仕事をする」

炉に燃えている薪《まき》が弾《はじ》けて、冷え切った本棚にもごくわずかばかりの温かみが伝わりかけたころ、ピンフォールド氏はその五十回目の誕生日以来、初めて机に向かった。彼は引き出しからま

だできあがっていない小説の原稿の束をだして、それに一通り目をとおした。これまでに書いたことも、それをこれからどうすればいいかも彼の頭の中ではっきりしていたが、今はもっと緊急を要する仕事があって、自分が経験したばかりの豊かな材料は、ほうっておけば駄目になる心配があった。

彼は原稿の束を引き出しにもどし、新しい大判洋紙を一帖、自分の前に拡げて、彼のいつものしっかりした筆蹟でそこに、

ピンフォールドの試練

1　中年の芸術家の肖像

と書いた。

解説

吉田健一

この小説(*The Ordeal of Gilbert Pinfold*)はウォーが晩年に第二次世界大戦に取材したもので後に*Sword of Honour*という題で一括した三部作を書いている途中で執筆を一時打ち切って一気に書き上げた中篇である。これが出たのが一九五七年であるから三部作の方では一九五五年に出たその第二部の*Officers and Gentlemen*と一九六一年に出た第三部の*Unconditional Surrender*の間に出来たことになる。この三部作もウォー自身が英国陸軍の将校として英国、ならびに各戦線で経験したことを随所に取り入れたものでウォーは小説家が書く時にどこまでが実際の経験でどこまでが想像かは誰にも言えたものでないとその自叙伝で書いている。しかしこのピンフォールドの小説はそれ以上に何かウォーに実際に起った異常な出来事をその記憶が薄れる前に一篇の小説に仕立て上げるのが目的だったことを示すものでその終りの方で本文の中にも長持ちしない新鮮で豊かな経験という言葉が出て来る。もっともそれだからと言って特別に好奇心に駆られることもないので一篇の小説でどこまでが作者の実際の経験でどこまでが想像か誰にも解らないということについてはこの小説も例外である訳がない。

しかしウォー自身の経験がどういう性質のものだったのでもこの小説で扱われている状況は小説とかそういう文芸上の問題を離れて我々の好奇心であるよりも関心の対象になるだけのものがあると思われてここで語られている種類のことがさらにひどくなれば精神分裂症まで進むかどうかは医学的に疑いの余地があるに違いないことは素人にも解ることであってもそれが一時的な錯覚、あるいは錯乱であっても当人にとって恐しく不愉快な事態であることは充分に想像出来る。それにこれは当人にとってと人ごとのように言えることだろうか。これは我々が或る方向に進むことを望んでいるのに誘惑その他の事情からそれが出来ずにいるということと本質的に違っている。その場合は我々が我々であることを難しくしているのが外部から我々に働き掛けるものであるのに対してウォーの小説では主人公が自分の他に何人かの人物に分裂してこれとの応待に悩まされるのである。もちろんこの小説の主人公はその何人かのものを自分の分身とは考えていなくて特殊な装置とか電波とかの手段を用いて自分を苦しめに掛っている一群の悪党と思い込んでいる。しかし実際にはそのようなものがどこにもいなくて主人公の睡眠薬の濫用から生じた錯覚の産物に過ぎないとすればこれはその濫用の作用で主人公自身の精神状態が作り出した主人公の分身であってこの人間は自分自身を苦しめている。

この小説ではそれが睡眠薬の濫用の結果になっている。しかしそのような外的な原因によらなくてこういう分裂の状態が生じることも考えられて人間の精神がその余地を残すものであることに着目したポーがウォーに先立って*The Imp of the Perverse*を書いている。これは聖ポーロが言っている精神は善を望んでも肉体は弱いという類のことでなくて精神が精神に背いているのであって見方によっては収拾が付かない一種の泥沼、あるいは地獄がそこに出現する。普通はどういうことが起ってもそれを処理すべき精神自体が故障を起しているので実際に収拾が付かなければ少なくともその先が精神病理学の領域であることは認めなければならない。しかしこれは全くその通りに考えていいことなのだろうか。この場合に分身と言ってもこれは自分で自分に逆らうというポーが既に見て取っていた精神の一種の弛緩に負けてのことでこれにはその反対を行くという対抗療法の原則、又結局はすべて療法というものの原則に従う他ない。

ピンフォールドは自分以外の悪党の許し難い仕打ちを受けている積りでいてもそのこと自体が徹底して相手に楯を突き続ける心構えを示すものでそれが遂に成功し、その悪党どもの声が段々に薄れて行って遂に消える。又そこまでの最初からのことをピンフォールドが最後の所で言っている新鮮で豊かな経験である。そしてそのことに間違いはない。ここから我々はこの小説自体のことに戻れるので実際にこういうことがあったならばどうだろうと小説の筋の点ではこれは全く恰好《かっこう》なものでそこは文章、ことに名文というものの有難さで悪党どもが生身の人間でなくて錯覚の産物であっても主人公と同様にそこにいて主人公を苦しめに掛っていることに変りはなくてこれに対するピンフォールドの抵抗も悪党どもが執拗《しつよう》に繰り返す反撃もその度毎に我々を一喜一憂させるに足りてそこが又名文の有難さで一度読み終って又読み出しても結果は同じである。それはこの小説が繰り返して読める本ものだということである。

そのことでウォーはこの小説の冒頭でピンフォールドという一人の中年の小説家を説明して我々にとっても興味があることを言っている。それによると今日の英国の小説家というのは前の時代、要するに十九世紀に見られたような独創に満ちたものがいない代りに十八世紀後半の画家や工芸品の職人と同様に優雅で工夫に富んだものに代表されていてそのうちにこれ程読者を楽ませることを望んで又それが出来たもの達がいなくなったのが嘆かれることになるかも知れないというのである。これはピンフォールドがその一人ならばウォーもそうであることを自認しているのだと考えられてそれが間違っているとも思えない。これはただ我々の方でそれをどう受け取るかの問題であって職人(ウォーが使っている言葉ではcraftsman)ということで躓《つまず》くならば我々が今まで本というものを読んで来た甲斐《かい》がないことになる。その職人というのはものを作る芸を身に付けた人間のことで小説もそれを誰かが作るものでなくて何なのか。これと同じことが詩、劇その他言葉を使って作るどういうものに就ても言える。

従ってウォーの説明を卑下と取るならば大変な勘違いをすることになる。ウォーが言っているようなことに対してこの頃の我々が直ぐに思い付くのが芸術家ということであるがこれ程曖昧《あいまい》で又それだけそう呼ばれる当人の己惚《うぬぼ》れに好都合な言葉はない。それが意味不明である上に当世流行の何か正体が解らないものであるからその流行に従って芸術家、あるいは別な流行語を用いるならば例の作家というものであることになればその作家が書くものが読めたものでなくても構わないことにさえなる。しかしその当人はともかくそれでは我々が困るので読めたものでないものを書く人間がどのような名称で呼ばれているのであっても読めなければ用をなさなくてその無駄なものに本の形を与える為に使われる紙も印刷インキも無駄に使われているのである。それでもと言える程その芸術家とか芸術とかいうものに意味があるのだろうか。そう言えばこの頃は合理化という言葉も用いられていてことのついでにその芸術も合理化したらばどうだろうか。もしこの合理化ということに少しでも意味があるならばそれは理性に従うということであるはずである。

　しかしもう一つウォーがこの小説の初めで言っていることで注意していいのはウォーの時代の小説家である本式の職人に対して十九世紀の小説家は独創に満ちたもの達（原文では the originators, the exuberant men）だったということでこれを今日の日本風に解釈すればその方が優れていたことになる。そしてこれに対して十八世紀の職人を思わせる今日の小説家ということになる訳であるがウォーが必ずしもそういう意味でこのことを言っているとは限らない。その独創に満ちているということで日本風には更に天才とか又しても芸術家とかいうことが頭に浮ぶのであってもそれよりも大切なのは一冊の本を書いた時にはそれが読めるものであることであってそうするとウォーが読者を楽しませることを望んでそれが出来る小説家と書いているのが一つの信念の表現、あるいはこれはそうした大袈裟《おおげさ》な言葉を使うまでもないことでむしろ解り切ったことの極めて穏やかな指摘になる。ウォーは *Brideshead Revisited* の大作の作者である。これを書いたことは小説家の仕事に精通していたことで小説、あるいは一般に文章というものが読者を楽しませる為のもの、それが出来なければ文章でないことはウォーにとって解り切ったことだった。

又そこにこの大家が日本で余り親しまれていない理由が見出される。あるいは更に正確には我々が文章を読んでこれに親しむということをかつてしたことがあるのだろうか。明治以前のことは勿論《もちろん》別である。しかしその後は親しむとか楽しむとかいうことが本を読むことから少なくとも一般の風習では遠ざけられたようでその代りにどういうことをするのであってもとにかく我々がマルクスに、あるいはドストエフスキーに、あるいはキエルケゴールに親しんだとは言えない気がする。一つには我々がどういう外国のものも翻訳で読むのに馴らされているということがある。それでも構わないとも考えられるが翻訳家というものがあるのだろうか外国語というものを全く知らずに翻訳に頼るというのはそのこと一つにも本を書いた人間の言葉に親しむ必要を認めていないことを示されているのではないかという気がする。もしその心得があるならば翻訳家を選ぶということも生じる筈ではないだろうか。しかし鷗外の後では翻訳家の名前が記憶されるということがなくなった。

話が横道に逸《そ》れたとも思わないがとにかくウォーの小説自体に戻るとこのピンフォールドの小説でも先ずその世界に冒頭から引き入れられるということが少なくとも我々には新鮮に感じられる。実際にはこれは文章というものの定石である筈であるがそれならば別な言い方をウォーの小説でそれがどこか著しくてそれだけでこれはウォーだと思わせるものがあるのはそのことにもウォーが一代の名文家、つまりはその道にも稀《まれ》な一箇の職人であることが示されていると見られる。もっともう少し厳密には文章にいきなり引き込められるのは文章家が書いたものの常であってそうなるのでなければまだ文章とは見做《みな》し得ない。又その文章に入って行くとともにそれを書いたのが誰であるか、その世界が誰のであるかも直覚されることになるのでウォーが書いたものにはウォーの世界があり、これは書いたものの性質によって違うのでなくてその全部で一つの世界が出来ているのである。

たとえばピンフォールドの小説には風俗画（conversation piece）という副題が付いていてそこで扱われているようなことをウォーが実際に経験して不愉快な思いをしたのであってもなくても副題が示す通りの軽く諷刺的な、あるいは諧謔《かいぎやく》的な調子で書いてあるがこれと同じ種類のものである *Love among the Ruins* や *Scott-King's Modern Europe* の中篇も *Brideshead Revisited* その他の大作も紛れもないウォーの世界であって又それがこの *The Ordeal of Gilbert Pinfold* の魅力でもある。ただ睡眠薬の乱用で頭が少しばかり変になったというだけのことならば医学の上では興味があることかも知れなくてもそれが本になったものを繰り返して読むことはない。それ故に小説もただそれだけのことでなくてウォーの文章でウォーの世界というものが形を取り、もしまだこの小説を読んだことがなければそこに新たにピンフォールドとかその錯覚から生じる何人かの人物とかピンフォールドの妻とかが登場する。又それが一つの世界のことであるから同じ世界の他の住人達もそこにいるのを感じないでいることは出来なくてその空気がこの世界に生彩を放たせてピンフォールドもブライズヘッドの屋敷を覗くならばジュリア・フライトやガイ・クラウチバックもピンフォールドの船室に顔を出すばかりになっている。なぜそうかでなくて文章家が小説を書けばそうなる他ないのである。これは文章が書けないものに小説も書けないという実際には解り切ったことの一端を示すものでもある。

しかしもう少し我々今日の日本の人間にとって参考になることを拾って見るならばピンフォールドも作者のウォーと同様に中年の小説家であって長篇の小説を執筆中であるのもこのピンフォールドの小説を書いた時のウォーと変ることがない。又その家や暮し方も大体の所はウォーを廻る実状に即したものと思われるがピンフォールドが書いている途中の長篇というのは既にかなり前から掛っている仕事でそれが直ぐにもその先が続けられるものであるにも拘《かかわ》らずそのまま放置してあるのはそれが本になって出ればその印税が入って来て所得税が殖えるばかりだからである。その程度にピンフォールドがそれまでに書いた本の重版で暮しが立って行く。それが我々にとって羨《うらや》ましいことだというのでなくて足りることを知るこの態度に清新なものが感じられるのでこれは小説家、文士が本というものを作って暮しを立てている職人である点で他の職人と変ることがないということの認識と軌を一にしている。もし更に我が国との違いをそこに見出すことを望むならばそれは今日のヨーロッパでは今日の日本よりも読者層というものが確立していて文章が書けるものならばその文章を市場に出すのにそれ程苦労する必要がないということである。

それでもやはりそこに何の無駄もないということが我々を打つ。既に文士、小説家であることにそれ以外の余計な名称を付け加えるということがなくてこの職人が作るものが本になって市場に出てその上りで人並に暮して行くことが出来る。考えて見ればその他にどのようなものも必要でなくてこれに対して座談会に対談会、週刊誌の写真に軽井沢と言ったことを思い浮べる時に再び無駄の観念が我々に戻って来る。又そういうことの為に人並に暮して行けるだけのものがあっても更に稼ぐ必要にも迫られる。しかしこの文士という職人の場合に大切なのは書くこと、読者を楽しませることであって座談会でも対談会でも放送でもない。あるいはもしここで文学というようなことが言いたいならばやはり問題は書くこと、人を動かすに足りる言葉を綴ることにあって軽井沢は誰もが民宿に泊ってテニスをやりに行く場所であり、そう珍しくもない悪事を働いても写真が週刊誌に載る。

しかし余りウォーの小説から離れることも出来ない。このピンフォールドの話で我々の興味を惹かずにいないことの一つにいかにここに登場する人物の大部分がピンフォールドの錯覚の産物であってもその銘々が各自の個性を備えて人間として生きていることにピンフォールドの、従って作者のウォーの世間智というのか、人間とその世界についての知識が注ぎ込まれていることでそれだけにこの何人かの人物のどれもが幻影であるその正体を現して次第に薄れて行ってしまいに消える時に一つの災難が実際に去ったという感銘を受ける。この一群の人物が実在する間は実在し、それが幻影と解れば消えてなくなるのも言葉というものの働きであってそのことを説明するのにそれではピンフォールドは、その妻はということを挙げるだけで足りる。又従ってその妻も、ロンドンに住んでいるピンフォールドの年取った母親も、更にピンフォールド夫婦が泊るロンドンのホテルの給仕までが人間であることを我々に疑わせなくてもし本ものに接するのが一つの楽しみであるならばこの小説は、あるいはウォーが書く他のものと同様にこの小説も我々を楽しませてくれる。

それでこういう書き方に認められるその結果の一つは小説の人物が船に乗って海に出ればその人間が今は間違いなく海の上にいることで船の甲板がそこに拡ってそこを降りて廊下を行けばその先の戸を開けて船室に入れることも極めて自然に受け入れられる。所が我々が読むのに馴らされて来た種類のものでは船に乗る所が出て来れば我々は先ず作者がそこを書くことで何を狙っているのかということを考える仕儀になり、その方に気を取られてその人間が実際に船に乗ったのかどうか、そこに書いてあることに一人の人間が船に乗るその実際の状況があると認められるのかということは直ぐに頭に浮んで来ない。あるいはそこを読んでいてその状況が直ぐに迫って来ない。これは写実主義という種類のことを言い過ぎて又それについて論じ過ぎた結果と思われて理由はどうだろうと何が書いてあってもそれがそのままに受け取れなくて先ず意図というようなことに頭を使わなければならないのでは文章を読んだことにならない。

こうした事態が生じる最も大きな原因は読むに価する程の文章が極めて少ないことにある。それでも読むものがなくてはならないから意図とか主義とかいうことになるのでこのような文章以前のことに煩わされないでいられる点でウォーの小説という種類のものを読むことには仮にそれが翻訳を通してであっても普通に本を取り上げて開けるだけでは期待出来ない安心がある。しかし今日の日本でなぜこういうことをまだ書かなければならないのだろうか。簡単に言ってこれは明治以後の文章の混迷が余りに長い間に亙って続いたからである。その文章というものの観念自体が一時は失われていた。そして今日ではそのようなことは既にない。しかしやはり解説とか議論とかいうことになるとこの間までの混迷に戻るというのが普通であるらしくてそれがウォーの小説のようなものを扱い難くする。ここではまだウォーの意図についても主義についても何も言っていない。そういう文章以前のものがウォーにないからである。

従ってこれは勿論ウォーだけのことではない。前にエリオットが日本で持て囃《はや》されてイエイツがそうでないのがエリオットにその意図とか主義とか理論とか主張とかいうものが取り出せる要素が多分にあってイエイツにそれがないからであることに気が付き、それでイエイツが本ものであるのに対してエリオットがそれ程でもないことを知った。E・M・フォオスタアの名前を日本で余り聞かないのもその為である。他の例を取ってこのことを説明することも出来て本居宣長の主張はそれではどういうことにあったのか。本居宣長の言葉に基いてその世界を同じく言葉を用いて探ることも再建して見せることも充分にその余地がある。しかし宣長は何主義でもなくてその意図がどういうことにあったのでもない。その種類のことはすべて宣長の言葉のうちにあってそれは言葉なので主義でも意図でもない。しかし再び言えばその言葉を楽しむことが我々に許されている。又それがウォーの言葉を楽しむのと変る所はない。

ウォーのこの小説を読んだ時のことを思い出して見ると英国の冬の寒さが鋼鉄のように田舎の野原を縛り付けているとかピンフォールドが終りの所でこの小説を書く仕事に掛って書斎の炉に焚《た》いた火の熱が漸《ようや》く僅《わず》かずつながら机の方に忍び寄って来るとか幻影の悪党どもの声が段々に弱って行ってしまいに石板に擦れる石筆の音位になって遂に消えるとか色々なことが記憶に戻って来るがそれが実際にあったことと変らず一様に或る同一の重みで意識される所に改めてこの小説の、従ってこの小説をなしている文章の迫力を感じる。それ以上のことを我々は求めないということを説明するならば我々は我々人間の世界に生きていてそこで起ることを意識で受け留めてウォーの小説の人物達がするようにその度毎に一喜一憂し、それ以上のことを求めるという考えが浮んで来ない。これは人間として生きていることが人間として充分だからである。その満足をこのウォーの小説も我々に覚えさせてくれる。別にその為に小説というものがあるのだというようなことを言っているのではない。しかしウォーはこの小説を書いていてそのウォーの日々を生きているのと同じ満足を覚えたに違いなくてそれで消えてなくなる危険があることを材料にこの小説を書いた。その材料は消えてなくなって構わなかった。

（一九七七年）

本書中には今日の人権意識に照らして不適切と思われる語句を含む文章もありますが、作品の時代的背景にかんがみ、また文学作品の原文を尊重する立場から、そのままとしました。

——編集部

著者紹介
イーヴリン・ウォー　Evelyn Waugh
1903年、ロンドン郊外のハムステッドに生まれる。オックスフォード大学では放蕩生活を送りながら学内文芸誌に関わり、成績不振で大学を中退後、パブリック・スクールの教師となる。1928年、教師時代の体験を基にした『大転落』を発表。『卑しい肉体』（30）では第一次大戦後の「陽気な若者たち」を取り上げ注目された。同年、カトリックに改宗。『黒いいたずら』（32）、『一握の塵』（34）など、辛辣な諷刺と皮肉なユーモアに溢れた作品で人気を博す。田舎屋敷の貴族の生活を描いた『ブライヅヘッドふたたび』（45）は作風を一転、アメリカでベストセラーとなった。戦後の代表作に第二次大戦を描いた『戦士』『士官と紳士』『無条件降伏』の『名誉の剣』三部作（52-61。合本改訂版65）がある。1966年死去。

訳者略歴
吉田健一（よしだ・けんいち）
小説家・評論家・翻訳家。1912年、東京に生まれる。ケンブリッジ大学キングズ・コレッジ中退。主な著書に『酒宴』『瓦礫の中』『金沢』『シェイクスピア』『英国の近代文学』『ヨオロッパの世紀末』、訳書にウォー『黒いいたずら』『ブライヅヘッドふたたび』、デフォー『ロビンソン漂流記』、フォースター『ハワーズ・エンド』、チェスタトン『木曜の男』ほか多数。1977年没。『吉田健一著作集』全30巻補巻2（集英社）、『吉田健一集成』全8巻別巻1（新潮社）がある。

編集＝藤原編集室

本書は1967/1977/1990年に集英社より刊行された。

白水Uブックス　196

ピンフォールドの試練

著　者　イーヴリン・ウォー
訳者©　吉田健一
発行者　及川直志
発行所　株式会社白水社
東京都千代田区神田小川町3-24
振替　00190-5-33228　〒101-0052
電話（03）3291-7811（営業部）
（03）3291-7821（編集部）
http://www.hakusuisha.co.jp

2014年12月20日　印刷
2015年1月20日　発行
本文印刷　株式会社精興社
表紙印刷　三陽クリエイティヴ
製　　本　加瀬製本
Printed in Japan

ISBN978-4-560-07196-0

乱丁・落丁本は送料小社負担にてお取り替えいたします。

白水*u*ブックス

海外小説 永遠の本棚

エドウィン・ドルードの謎

チャールズ・ディケンズ
小池 滋訳

クリスマスの朝、忽然と姿を消したエドウィン・ドルード。彼と反目していた青年に殺人の嫌疑がかかるが、背後にはある人物の暗い影が……。作者の急死により中絶した文豪最後の傑作。

カッコーの巣の上で

ケン・キージー
岩元 巌訳

刑務所の農場労働を逃れて精神病院にやってきたマックマーフィは、非人間的な管理体制で患者を支配する婦長に抗い、精神の自由を賭けた戦いを挑んでいく。不屈の反逆者を描いた名作。

ウッツ男爵
ある蒐集家の物語

ブルース・チャトウィン
池内 紀訳

冷戦下のプラハ、マイセン磁器の蒐集家ウッツはあらゆる手を使ってコレクションを守り続ける。蒐集家の生涯をチェコの現代史と重ね合わせながら、蒐集という奇妙な情熱を描いた傑作。

スウィム・トゥー・バーズにて

フラン・オブライエン
大澤正佳訳

のらくら者の主人公が執筆中の小説の主人公もまた作家であり、彼が作中で創造した人物たちはやがて作者の意思に逆らって勝手に動き始める。実験小説と奇想が交錯する豊饒な文学空間。

ある青春

パトリック・モディアノ
野村圭介訳

さようなら、シトロエンDS19！ パリのサン・ラザール駅で出会った恋人同士は、十代最後の日々、夢を追いつつ「大人の事情」に転がされていたが……。ノーベル文学賞作家による青春小説。

白水 u ブックス